산의 향기를 찾아서

백경화의 산행기

산의 향기를 찾아서

| 백 경 화 |

푸른사상

 **책머리에**

산은 종합병원이다. 산은 학교다. 산은 아버지이며 어머니의 가슴
이다. 산은 나의 종교다. 그러나 산은 언제나 힘든 나의 도전자이며
동반자, 힘든 상대일수록 성취감은 더욱 크다는 진리를 알기에 나는
끝없이 도전했고 또 찾을 것이다.

십 년 전부터 등산을 시작했다. 처음에는 무작정 산이 좋아 시작했
는데 다니다 보니 나도 모르는 사이 얻은 것이 너무 많았다. 언제나
변함없이 포근하게 받아주는 산이 있기에 너그러운 마음을 배우면서
많은 것을 얻고 스스로를 일깨워 왔다.

그런 가운데 잊을 수 없는 일들을 하나하나 기록했다. 이것은 즉
나의 발자국이며 흔적이다. 그래서 부족함을 무릅쓰고 책으로 묶었다.

나를 믿고 따라주는 대전 Y.W.C.A. 등산 C팀과 호산나팀 회원들께 감사함을 이 자리를 빌어 전하고 싶다.

　　또한 나를 이해해 주며 배려해 준 가족에게도 고맙고, 이 책의 출판을 허락해준 푸른사상사에 깊은 감사를 표한다.

2003년　1월

백 경 화

차례

제1부 첫 번째의 만남

제2부 제왕산에서 경포대까지

제3부 산에서는 한여름이라도

제4부 하루종일 구름 속에서

제5부 신의 작품

제1부

첫 번째의 만남

첫 번째의 만남 : 덕유산

가도가도 끝없이 멀고도 높은 산

대전 YWCA의 등산 C팀에 가입하여 오늘 처음으로 등산을 갔다.

오전 7시. 출발지인 시민회관 후문으로 나가니, 나와 비슷한 또래들의 여자들이 빨간 조끼에 빨간 모자를 쓰고 스카프에 배낭을 맨 모습들이 여간 멋있어 보이지 않았다. 회원들은 모두 여자만으로 구성되었고 회원 수도 많았으며 나도 이젠 그 축에 낄 수 있다는 게 내심 기뻤다.

오전 10시. 무주 안성면 자연학습원이 있는 곳에서 산행山行은 시작되었다. 등산에 초보자인 나는 처음부터 깊은 계곡을 따라 들어가 가파르게 올랐다. 가도가도 끝없는 산이었다. 산 높이가 어느 정도인지 몇 시간이나 걸리는지 알지도 못 하고 앞사람의 발뒤꿈치만 보며 졸

첫 번째 산행 때 덕유산(향적봉)

졸 따라 가는데 가슴은 막히고 숨은 턱 밑까지 차 올랐다.

오후 1시 경, 중봉이라는 곳에 올랐다. 정상은 거기서 빤히 올려다 보였지만 한참을 올라가서야 도착했다.

'야! 모든 세상이 다 보이는구나. 그렇게 높게만 올려다 보이던 산들이 모두 저 아래에 있구나!' 난생 처음 해발 1,614미터나 되는 높은 산에 올라와 보니 가슴이 벅차고 기뻤다. 덕유산 정상에는 돌에다 빨간 글씨로 「덕유산 향적봉 해발 1,614미터」라고 써서 세워 놓았는데 그것까지 위대해 보였다. 그 앞에서 총무인 이해종 씨는 기념사진을 한 장 찍어주었다. 일행들은 점심을 먹고 취나물을 뜯느라 모두 흩어져 야단들이었지만 나는 나물도 모르거니와 관심조차 없었다.

오후 2시 30분. 백년사로 내려오는데 내리막길과 돌길은 나에게 너무나 먼길이었다. 운동화를 신은 발이 부르트어 무척 아팠다. 첫 번 산행에 만반의 준비도 없이 너무 무리한 것 같았다.

산행에서 돌아와 생각해 보니 태어나서 처음으로 8시간 30분이나 걷고도 끄떡없는 내가 대견스러웠고 또한 마음속에 커다란 자신감이 생겼다.

(1992. 5. 21)

황적봉에서 쌀개봉까지 : 계룡산

'저 곳에도 갈 수 있을까' 했던 그 브이(V)자 계곡

동학사 주차장에서 내린 우리 일행은 황적산으로 진입했다. 숲이 우거진 산 속으로 들어가니 바람 한 점 없는 그야말로 찜통 속이다. '오늘도 도보 훈련이 시작되는구나' 하고 생각했다.

날씨가 무척 더워 몇 발짝 가지 않아 금세 옷이 땀에 젖었다. 가다가 좀 쉬려고 앉아 있으려면 모기들이 어찌나 많은지 옷 위로 꾹꾹 물어 앉아 있을 수가 없었다.

어렵게 능선에 올랐다. 능선길을 오르고 내려가고 하다가 바위 끝 절벽을 만났다. 대롱대롱 줄을 잡고 내려가는데 이런 길은 처음이라서 가슴은 두근두근 뛰었다. 그러나 신동숙 회장님이 한 발 한 발을 옮길 때마다 안전하게 잡아주어 무사히 내려왔다. 또 한번 낭떠러지 밧줄 타기의 길을 통과하고 안부에 내려와서 땀을 식히며 점심을 먹었다.

더 가파른 오르막길이 시작되었다. 한참을 가도 길은 끝없이 이어졌다. 그렇게 힘들게 오르고 보니 천황봉 바로 밑에 있는 해발 828미터의 쌀개봉이었다. 먼데서 보아도 보이는 그 브이(V)자 모양의 계곡, 평소에도 계룡산을 바라보며 '저 곳에도 갈 수 있을까' 했던 그 산봉우리에 오늘 내가 왔다. 다리도 아프고 덥고 무척 힘들었지만 시원한 바람이 온몸으로 스며들 때는 씻은 듯 상쾌하기만 했다.

쌀개봉 바로 위는 민간인 출입금지라서 갈 수 없는 천황봉의 철탑이 가깝게 보였다. 관음봉에서 삼불봉으로 가는 능선에는 빨간 옷을 입은 등산객들이 보였고, 우리가 걸어왔던 황적산 능선은 내가 서있는 쌀개봉을 향해 날카롭게 뻗어있었다.

동학사의 고풍스런 전경이 한눈에 내려다보였다. 동학사는 자연성릉과 황적산의 품속에 푹 파묻혀 아늑하고 고요해 보였다.

관음봉 쪽으로 내려가는데 길이 또 끊기고 낭떠러지에 가느다란 줄 하나만 매어 있었다. 5미터는 족히 되는 줄을 잡고 아슬아슬하게 내려오고 보니 거기가 끝이 아니었다. 바윗길을 잡을 곳도 없이 엉금엉금 기어오르는데 미끄러질까 봐 무서웠다.

관음봉 가기 직전 하산 길로 내려오니 은선산장이 나왔고 그 아래 은선폭포가 있었다. 나는 오늘 산행이 무척 힘들고 긴장되었지만 내려오고 나니 아슬아슬한 게 스릴 만점이었다.

7시간의 산행이었지만 피곤함보다는 해냈다는 즐거움으로 가슴이 뿌듯하다.

(1992. 7 30)

5대 악산 중 하나 : 치악산

산세가 험하고 단풍이 좋아 적악산 이라

대전에서 오전 6시에 출발하여 구룡사 주차장에는 9시에 도착하였다.

공원매표소에서 조금 올라가니 신라 말 도선국사가 창건했다는 구룡사가 나왔고 40분쯤 더 올라가니 계곡을 건너는 다리가 나왔다. 다리를 건너 갈림길에서 좌측 오르막길로 가면 우리가 갈 '사다리병창' 길이었다. 그런데 입산금지였다. 그 코스가 치악산에서 가장 아름다운 등산로라고 신동숙 회장이 말했다. 우린 무법자로 돌변하여 떨리는 가슴으로 살금살금 기어올라갔다. 처음부터 가파른 돌 층층대 길로 되어 있어서 손을 짚으며 올라갔다. 이 길은 얼마 전 인명사고가 난 위험한 길이라고 주차장 관리원에게 들었지만 경치는 빼어나다는 말에 그냥 들어섰다. 그런데 정말 위험한 곳도 많았다. 칼날 같은 능선에서 아슬아슬한 낭떠러지 길을 건너뛸 때는 간담이 서늘했다.

2시간 반쯤 오르니 단풍이 곱게 물들어 가는 아름다운 산의 모습이 보였다. 가을의 단풍이 빼어나 적악산으로 불리었다는 옛말이 오늘와 보니 실감이 났다.

오후 1시쯤 해발 1,288미터에 위치한 정상 비로봉에 도착했다. 거기에는 용광중 씨가 산신령의 계시를 받아 쌓았다는 커다란 돌탑이 3개나 있었다. 산신탑과 용왕탑, 칠성의탑이 그것이다. 오래 전에 쌓은 탑일 텐데 온갖 비바람에도 잘 견디고 훼손되지 않아 치악산의 아름다움을 보여주는 것 같았다. 능선으로 내려오다가 차를 끓여 파는 노점상에게 붙잡혔다. 입산금지 구역으로 왔으니 한 사람 당 십만 원씩 물어야 한다면서 놓아주지 않았다. 아무리 사정하고 빌었지만 빨리 주민등록증을 제시하라면서 엄포를 놓았다. 결국에는 보내주었지만 기분이 개운치가 않았다. 집에 와서 가만히 생각해보니 그 사람은 뜨거운 차를 파는 사람인데 수십 명이 지나가도 차 한잔 팔아주지 않으니 괘씸해서 으름장을 놓은 것 같았다.

아무튼 등산하는 사람들이 산의 법과 질서를 지키지 않고서야 할 말이 더 있겠는가. 그 사람을 탓하기 전에 앞으론 그런 일이 다시는 없어야겠다고 반성했다.

(1992. 10. 8)

불출봉에서 신선봉 : 내장산

아름다운 산, 쉬는 곳마다 과일 껍질이

내장산은 7개의 봉우리가 삥 둘러 내장사를 감싸고 있다. 뾰족한 기암봉으로 되어 있어 경치가 좋을 뿐만 아니라 어느 봉에서 보아도 여러 개의 봉이 다 보이고, 내장사로 내려 뻗은 산자락이 참 아름다웠다.

내장저수지에서 산행은 시작되었다. 산이 그다지 높지 않아 별 어려움 없으리라 생각해서 그런지 잡목이 우거진 비탈길은 쉬운 길이 아니었다.

1시간 30분만에 서래봉과 불출봉 사이의 능선 길에 올라섰다. 여기서부터 멀리 보이는 저 건너 산까지 간다고 신회장은 말했다. 서래봉(622미터), 불출봉, 망해봉, 연지봉, 까치봉, 신선봉, 연자봉 등 7개봉이

뾰쪽뾰쪽 삥 둘러 있는데 한 봉을 오르고 내리는데 50분 정도 걸리는 고만고만한 산이었다. 90도 각도의 사다리를 타고 암봉을 오르내릴 때는 무섭기도 했지만 재미도 있었다.

그런데 몹시도 짜증스러운 일이 있었다. 그 아름다운 산에 쉬는 곳마다 과일 껍질과 오물이 보기 흉하게 널브러져 있었다. 어쩌면 산에 다니는 사람들이 이럴 수가 있을까? 산에 다닐 자격도 없는 사람들이 이 곳에 와서 산을 더럽혀 놓았다. 안전시설도 잘 해 놓아 즐거웠는데 깨끗한 바위의 쓰레기는 우리 일행의 눈살을 찌푸리게 했다.

까치봉에 와서 바라보니 내장사가 중앙에 있고 7개 봉이 삥 둘러 절을 에워쌌다. 산이 동그랗게 모여 아기자기한 느낌이 들었다. 단풍이 곱게 물든 산을 본다면 얼마나 아름다울까 하고 생각해 보았다.

1시 30분, 점심을 먹고 다시 내장산의 주봉인 신성봉으로 향했다. 비탈진 내리막 길로 내려가서 다시 오를때는 여간 힘든게 아니었다. 그러나 오늘같이 이렇게 재미있는 산은 처음이라는 생각이 들었다. 신성봉에서 기념 사진 한 장 찰칵 찍고 하산을 했다. 내장사로 내려오는데 자갈길이 무척 미끄러워 조심하느라 땀을 뺐다.

내장사로 내려온 우리는 진입로에 아직 남아 있는 빨간 단풍을 보며 아쉬웠던 마음을 달랬다. 하루종일 걸어다녔던 내장산의 연봉과 내장사의 전경은 한 장의 그림처럼 아름답기만 하였다. (산행시간 6시간)

(1992. 11. 23)

충남 지방에서 제일 높은 산 : 서대산

내려와 보니 엉뚱한 곳에 도착

서대산은 해발 904미터로 충남에서 가장 높은 산이며 금산군 추부면과 옥천군 군북면에 위치해 있다.

대전에서 금산 가는 길로 가다보면 만인산 터널을 지나게 되고 곧바로 마전에 들어서게 된다. 마전에서 좌회전하여 옥천 가는 길을 따라 가다보면 오른쪽에 험한 절벽과 암봉으로 보이는 큰산이 보인다. 그 산이 바로 웅장한 서대산이다.

아침 10시. 유원지로 가기 전 원흥사란 절을 찾아 올랐다.

원흥사는 조그만 암자로 옛날에 여자 보살이 세운 절인데 그 분이 계셨을 때는 그래도 많이 알려진 절이었다고 한다. 오늘은 아무도 없는지 마당가에 주렁주렁 열린 빨간 홍시만이 빈 집을 지키고 있었다.

절 마당에서 오른쪽 길로 가니 빨간 리본이 등산로를 말해 주었다. 처음부터 가파른 오르막길이더니 정상에 닿을 때까지 계속 가파른 지그재그 길이 2시간을 넘게 이어져 있었다.

능선에 올라서니 곧바로 정상이었다. 우뚝 솟은 봉우리에 나무하나 없이 전망이 탁 터진 곳으로 세상천지가 다 보였다. 어디가 어딘지 알 수 없었으나 보이는 것만으로 가슴이 시원했다.

시원하게 펼쳐진 능선을 바라보며 걷기 시작했다. 바위를 건너뛰는 낭떠러지 길이 있었다. 땅이 얼어 미끄러운 데다가 아래는 수십 미터 벼랑이어서 아슬아슬하였다. 김홍분 씨는 어떻게 건너갔는지 건너가서 길이 끊긴 것을 보고는 얼굴이 파랗게 질렸다.

길을 잘못 들어선 것이었다. 어쩔 수 없이 온 힘을 다해 건너뛰는 김홍분을 보고 아찔했다. 아래로 돌아가는 길을 찾아 능선에 섰다. 아래에서 보면 험하게 보이는 암봉이 바로 이곳이란 생각이 들었다.

헬기장에서 점심을 먹고 나니 먹구름이 잔뜩 낀 하늘에서 비가 오기 시작했다. 모두 우의를 입고 하산을 서두르는데 조금 내려오다 보니 비가 그치고 하늘이 맑아졌다. 우린 계획했던 대로 다시 앞 산에 오르락내리락 했다. 또 하나의 헬기장을 지나고 조금만 더 가면 서대산을 완전히 종주하는 것이 아닌지 의심할 정도로 걷고 또 걸었다. 이젠 내려가려고 해도 하산길이 보이지 않았다.

다시 먹구름이 몰려와 캄캄해졌다. 조급한 마음으로 희미한 하산길을 찾아 내리막길로 접어들어 빠르게 내려가기 시작했다.

갑자기 비가 쏟아졌다. 장대 같은 빗줄기가 번개와 천둥을 동반하면서 사납게 쏟아졌다. 나는 급한 마음에 앞장서서 내려왔다. 길이 점점 더 희미해지더니 큰 돌이 있는 계곡이 시작되었다. 미끄러져 넘어지면서 얼굴과 옷은 빗물에 범벅이 되었고, 산 속이라서 빨리 어두워질까 걱정이 되었다. 계곡 물이 갑자기 불어 넘치면 어쩌나하고 걱정이 되었다. 그렇게 한참을 내려오니 희미하게 길이 하나 보였다. 반가웠다. 이젠 살았구나. 길이 나왔다고 소리쳤다.

그 길을 따라 옆으로 산허리를 하나 넘어 내려오니 임도를 만났다. 휴! 살았다. 안도의 숨을 쉬고는 뒷사람이 다 올 때까지 기다렸다가 함께 내려왔다. 그러나 내려와 보니 민가도 없고 마을도 아닌 무슨 공사판이었다. 날은 벌써 어두워져 땅거미 진 초저녁. 공사판 인부들이 일을 끝내고 자동차 불빛으로 차를 청소하고 있었다. 우리의 차가 있는 곳에 가려면 차를 타고 30분 정도를 가야한다고 했다. 그때 신동숙 회장님이 차를 얻어 타고 주차장으로 가서 버스를 가져 왔다.

우리는 불빛도 없는 캄캄한 산 속에서 비 맞은 옷을 입고 추위에 덜덜 떨면서 기다렸다가 버스를 타고 집에 왔다.

이런 일도 경험이 부족해 생긴 일이라 생각되었다. 정상에서 조금만 각도를 비켜 내려서면 엉뚱한 곳에 도착한다는 것을 알았다. 우리 고장에서 제일 높은 산이 내가 앞으로 외지에 나가 다시는 이런 일이 없도록 철저하게 교육을 시켜준 것 같다.

(1992. 11. 29)

70미터 밧줄 타기 : 천태산

70미터 동아줄로 암봉에 올라

산이 좋다기에 친구와 셋이 승용차로 천태산을 찾아갔다. 이원에서 양산 가는 길에 <천태산 입구>라고 써 놓은 걸보고 그곳으로 들어갔다. 넓은 주차장이 있어서 많은 차들이 주차할 수 있었다. 거기서부터 산행을 시작했는데 입구에 아름다운 3단 폭포가 한 눈에 보였다. 그렇게 멋있는 폭포는 처음 보는 것이라 무척 신기했다. 폭포를 지나 더 들어가면 큰 은행나무가 있고 신라 문무왕 8년 원각대사가 창건했다는 영국사란 절이 있었다.

올라가기 힘든 등산로에는 튼튼한 동아줄을 매듭지어 군데군데 달아 놓았다.

밧줄을 타고 오르는 길은 조금 무섭기도 하였지만 아슬아슬해서 재미도 있었다. 그런데 줄을 잡고 70미터 바위 타기가 있었다. 나는 이미 힘이 빠진 상태라서 탈 수 있을까 망설이다가 도전했다. 처음에 줄을 잡고 대롱대롱 흔들리다 오르려니 겁이 나고 힘이 들었다. 팔의 힘이 쭉 빠지고 심장이 쿵쿵 뛰었다. 그러나 오르고 난 후의 통쾌함은 이루 말할 수 없었다.

715미터 되는 정상을 2시간 동안 올라갔다. 정상에는 벌거벗은 참나무가 있어서 쓸쓸한 느낌이 들었지만 삥 둘러 전망이 다 보여 가슴이 시원했다. 바로 앞에 대성산, 그 뒤로 갈기산, 이렇다할 우뚝 솟은 산은 없었으나 고만고만한 게 아기자기한 맛이 있어 보였다. 상자 안에 방명록도 준비해 놓고 동아줄을 달아 놓은 것을 보니 '산을 관리하는 사람이 신경을 많이 썼구나' 하는 생각이 들었다.

거기서 D코스로 하산했다. 은행나무 근처에 가서는 오른쪽 산에 붙었다. 흔들바위가 있었고 탑도 있었다. 거기에도 폭포가 있고 계곡엔 맑은 물이 흐르고 있었다. 천태산은 작으면서도 갖출 것을 다 갖춘 아름다우면서도 재미있는 산이었다.

(1993. 2. 12)

선유동 계곡을 지나 : 군자남봉

신비의 세계에서 넋을 잃고

충북 괴산군 청천면 선유동 계곡으로 들어섰다. 계곡의 바위와 맑은 물이 아름다워 감탄하면서 좁은 길로 들어가 마을에 닿았다.

길을 잘 몰라 물으며 물으며 수련장 짓는 곳으로 올라갔다. 30분 정도 올라가다 다시 내려오고 또 다시 오르고, 이렇게 2시간을 길을 찾으며 겨우겨우 능선에 올라섰다.

그런데 갑자기 너무나 멋진 풍경이 눈앞에 들어왔다. 보이는 곳 모두 나무에 머리 빗 모양의 수정같이 맑은 얼음꽃이 만발했다. 눈꽃은 가끔 보았지만 이런 빙화氷花의 풍경은 상상도 못했다. 유리처럼 뾰족뾰족하면서도 빛이 나는 아름다운 나뭇가지들을 보며 신비의 세계에서 한참 동안 넋을 잃고 말았다. 마치 꿈나라에 온 착각을 일으키기도

했다. 우리는 이 순간을 영원히 간직하기 위해 사진을 찍고 아쉬운 감

정을 누르며 능선을 타다가 오후 2시가 되어서야 점심을 먹었다.

군자남봉 얼음꽃 속에서

내려오는 길에는 산부인과 바위라는 좁은 바위틈을 빠져나왔고, 당장이라도 굴러갈 듯해 서로 기대고 있는 크나 큰 삼형제 바위를 보고 내려왔다. 산행을 하다보니 생각지 않은 신비한 풍경을 볼 수 있어서 좋다.

(1993. 2. 18)

두륜산에서 토말탑까지 : 두륜산

큰 돌이 구를까봐 가슴이 두근두근

해남하면 대흥사로 유명하고 그 대흥사를 둥그렇게 감싸고 있는 산이 두륜산이다. 주차장에서 올라가니 길가에 음식점은 벌써부터 손님 맞을 준비로 분주하고 쿵쿵 울리는 유행가 소리는 왠지 낯설지만은 않고 경쾌하게 들렸다. 속세를 떠나온 사찰 속에서 조용하게 사색에 잠겨 걸을 수만 있다면 더 할말이 없겠지만 우리 나라는 어디든지 사찰 아래 음식점과 심지어는 술집까지 들어서 있다.

입구에 들어서니 펑퍼짐한 두륜산이 둥그렇게 펼쳐있다. 그 가운데로 대흥사와 침계루, 오른쪽에는 서산대사의 유품이 전시돼 있는 건물, 영정이 봉안된 표충사와 천불전이 있다.

오늘은 A팀과 같이 갔는데 남편들이 넷이나 와서 마음이 든든했다.

난 며칠 간 몸살을 앓아 산에 잘 오를까 걱정이 되어 맨 앞에 섰다. 떨어지면 힘이 드니까 열심히 헉헉대며 따라 가는데 등산로는 눈이 오고 땅이 얼어서 빙판이 되어 조심스럽게 올라갔다. 50분쯤 오르니 여래불상과 졸졸 떨어지는 약수터가 있었다. 갈림길에서 오른쪽 길로 가니 천년수란 커다란 귀목나무가 있었다. 천 년을 살아 천년수인지 나무 이름이 천년수인지 모를 나무는 잎이 다 떨어진 상태여서 무슨 나무인지 알 수가 없었다. 위에는 빈 절터가 있었고 이름 모를 3층 석탑이 있었다. 내 키보다 더 큰 신아 대나무 숲이 한참 이어 지더니 정상이 가깝게 보였다.

잠시 후 펑퍼짐한 넓은 산등성이에 닿았다. 커다란 두륜봉과 가련봉이 양쪽에서 마주 보고 있었다. 남해 바다와 크고 작은 수많은 섬들이 그림같이 보였다. 그런데 바람이 너무나 세차게 불어 날아갈 것만 같아 오래 서서 감상할 수가 없었다.

우리는 해발 703미터인 두륜산 정상에 가기 위해 산 뒤로 돌아갔다. 마지막으로 올라가는 좁은 길은 절벽으로 아주 험했고 엉거주춤해 보이는 큰 바위는 해빙기라서 구를까봐 그곳을 통과할 때까지 몹시 겁을 먹어 간이 콩알만했다. 또한 큰 돌 틈을 통과해야 하는데 발이 닿지 않아 무척 힘이 들었다.

온 몸으로 홈통을 빠져 나와 보니 5미터쯤 되는 돌다리가 구름다리로 걸려있었다. 아슬아슬하게 구름다리를 건너 정상에 섰다.

하나하나 통과해야 하니 시간이 많이 걸렸다. 정상에 올라 세상을 내려다보면 언제나 아름답고 깨끗한 마음이 된다.

점심을 먹고 다시 하산 길을 서둘렀다. 남쪽으로 내려가는 길은 첫

발부터 난코스였다. 눈이 하얗게 쌓여 길이 미끄러운데다 내리막길이어서 겁이 났다. 나는 아예 앉아서 조심조심 네 발로 기어 내려왔다. 한참을 내려오니 동백나무가 많았다. 하얗게 쌓인 눈 속에서 바람에 바르르 떨고 있는 난蘭 한 포기를 보았다. 왠지 떠난 님을 애타게 기다리는 가녀린 여인의 모습처럼 쓸쓸해 보였다.

주차장에 도착하니 3시 30분이었다. 우리는 우리 나라의 최남단의 땅끝마을로 갔다. 삥 둘러 공원을 걸으며 토말탑에 내려가서는 난간에 서서 이름 모를 많은 섬들과 끝도 없는 바다를 보며 감상에 빠져 보기도 했다.

즐거운 산행도 하고 바닷가를 거닐며 낭만적인 시간도 보낸 보람찬 하루였다.

(1993. 2. 25)

서울 : 인왕산, 경복궁

서울 시내가 한눈에 다 보여

서울에 도착하니 10시 30분. 진입로를 찾기 위해 시내에서 기다리다가 11시가 되어 사직공원으로 가서 인왕산에 올랐다. 서울 근교 사람들이 산책하기에 참 좋은 산이다 싶었다. 서울의 중심에 있고 대통령이 사는 청와대가 보이는 산을 가니 호기심이 생겨서인지 더욱 즐거운 표정들이다. 돌계단을 오르다가 철계단을 오르고 둥글넓적한 바위가 많아 경치가 좋았다. 매처럼 생긴 매바위가 있는가 하면 치마바위도 있었다. 이 치마바위는 그 옛날 인경왕후 폐비 신씨가 51년 동안 중종에게 '나 여기 잘 있다'는 표적으로 이 바위에 치마를 널었다하여 치마바위로 불러 왔다고 한다.

화강암 바위 틈새의 푸른 소나무는 그 애절한 사연을 보았는지, 그 사연만큼이나 풍상을 겪었으리라. 어디에 뿌리를 내리고 사는지 신비스럽기도 하다.

해발 338미터의 정상에 올라서니 스모그현상으로 서울 시내가 뿌옇게 뒤덮여 보이지 않았다. 바람을 타고 코로 들어오는 공기는 그리 상쾌하지 못하여 산에 온 실감이 나지 않았다. 바로 저쪽 아래로 청와대가 보이고 분수대가 보였다. 날씨가 맑았으면 좋았을걸 하는 아쉬움이 남았다.

12시가 되어 산에서 내려왔다. 청운중학교가 보였고 옛날에 지은 저층 아파트가 지저분하게 보였다. 모두 청와대 쪽으로 걸어갔는데 큰길가에 나란히 한 줄로 서서 걸어가는 모습이 마치 소풍 나온 초등학생들 같아 잠시 동심의 세계로 돌아가는 재미를 느낄 수 있어 좋았다.

우리는 민속 박물관으로 개관한 경복궁에 가서 관람했는데 그곳에는 옛날 왕과 왕비가 생활했던 곳, 근정전, 임금님 즉위식 장소, 영화나 텔레비전에서 본 건물들이 모두 있었다. 아무튼 서울 나들이는 재미있었고 보람있었다.

(1993.3. 11)

수석 전시장에 왔나? : 월출산 · 1

모두 조각품이 되어버린 바위산

대전에서 7시에 출발하여 10시 30분 경 월출산 주차장에 도착하였다. 산에 간 지 한달 만에 오늘 멀고도 험한 월출산을 등반하기 위해서이다.

그곳을 지나칠 때마다 "야 참 멋있다, 참 좋다"라고 수없이 외쳐대던 그 산에 오늘 오른다고 생각하니 무척 마음이 설렌다.

그 동안 난 아버님과 이별하고, 사랑하는 큰조카를 떠나 보내어 몸도 마음도 모두 지쳐 있었다. 조금은 걱정이 되어서 김홍분 씨와 맨앞에 섰다. 등산로는 아주 잘 되어 있었지만 처음부터 산은 몹시 가파로웠다.

천황사에서부터 시작하여 1시간쯤 오르니 120미터의 흔들다리가 아주 길게 놓여 있었다. 건너가다 아래를 내려다보니 낭떠러지는 천 길 만 길이나 되어 아찔했다. 짜릿한 스릴을 맛볼 수 있었다. 또한 산은 모두가 둥글둥글한 큰 바위로 이루어져 있어서 기묘한 형상에 입이 딱 벌어졌다.

구름다리를 아슬아슬하게 건너가 다시 철사다리를 오르기 시작했다. 낭떠러지에다 여러 개의 사다리로 길이 연결되어 있는데 어떻게 이렇게 등산로 시설을 잘 해 놓았을까 하고 생각했다. 지금까지 다녀본 산 중에서 제일 재미있었다.

겨우겨우 산꼭대기에 올라 정상에 섰는가 했는데 정상은 저 앞에 있는 산이었다. 다시 철사다리를 타고 내려가서 가파른 돌길로 올라가니 높게만 보이는 또 하나의 산이 보였다. 드디어 해발 809미터의 정상이었다. 이쪽저쪽 높고 낮은 산봉우리가 기암괴석으로 연이어 둘러 있었다. 신비하고 아름답구나! 위대하고 장엄하구나! 거기에다 또 날씨 좋고 바람도 시원하여 날아갈 듯 마음도 가볍구나! 내려가고 싶지 않았다. 여기저기 경치를 놓칠까봐 사진기에 모두 담아 가지고 경포대 쪽으로 내려갔다. 그 속에서 보는 경치 또한 이루 말할 수 없이 아름다웠다. 우뚝우뚝 솟아있는 창칼 같은 바위, 남근바위 등이 여러 형상으로 하늘을 향해 서 있었다. 마치 산 전체가 잘 다듬어진 조각품처럼 나열되어 있어 수석 전시장을 방불케 했다.

금강산도 식후경이라는데 우린 눈에 비친 경치에 반해 시간이 흐른 줄도 모르고 늦은 점심을 먹고 금릉경포대 주차장으로 내려왔다. 신비하고 아름다운 자연과 더불어 꿈같은 하루였다.

(1993. 4. 15)

계방산에 야생화가 : 계방산

오월인데 이 산은 아직 추운 겨울 산

6시 30분에 출발, 중부고속도로로 진입하여 이천에서 영동고속도로로 가다 속사리를 지나고 꼬불꼬불한 길로 해발 1,057미터의 운두령 고개에서 내려 오른쪽 산에 붙었다.

산은 바위가 하나도 없는 부드러운 산이었으나 올라가기는 쉽지 않은 산이었다. 양 옆에는 제대로 크지 못하여 울퉁불퉁한 나무들이 아직도 옷을 입지 못한 채 하얀 속살을 드러 내놓고 있었다. 두릅나무가 많았으며 그것들 역시 아직까지 뾰쪽하게 싹이 터 있을 뿐이었다. 산 아래 나무들은 모두 연두색, 초록색인데 이 산은 아직 추운 겨울 산. 잎이 피지 못하고 봉우리가 진 상태였다. 그런데 해발 1,577미터 인 정상과 그 주변에는 이름 모를 야생화가 보라색과 흰색으로 피어 있어 아주 예뻤다.

정상까지는 2시간 걸렸으며 돌가루 공장이 있는 곳으로 내려왔다. 거기서 또 한참 내려오니 음식점이 있고 휴게소가 있고 군부대가 있었다. 군부대 앞을 지나올 때 보초를 서고 있던 군인들이 모두 내 아들같이 듬직하고 사랑스러웠다. 우리는 갖고 왔던 과자와 오이를 군인들에게 나누어주었다. 그러나 근무시간이라서인지 먹지 못하고 부동자세로 서 있었다. 큰길로 내려오면서 뜯은 취나물과 두릅을 저녁 식단에 올리니 쌉쌀한 맛과 향기는 입맛을 돋구었다.

(1993. 5. 6)

어디를 보나 한 장의 그림 : 남해 금산

저 아래 시원하게 보이는 해수욕장과 해송들

광주에서 순천을 거쳐 남해대교를 건너 한참을 가니 보리암 입구가 나왔다. 상주 해수욕장 쪽으로 가서 산 밑 주차장에 도착하여 제일 산장이 있는 곳으로 올라가 거기서 산에 붙었다.

비가 온 끝이라서 날씨가 쾌청하고 맑아 멀고 먼 바다 끝까지 선명하게 잘 보였다. 땅에 습도가 많아 후덥지근하여 땀을 무척 많이 흘리면서 올라갔다.

정상에 거의 도달하니 이쪽저쪽 바위로 된 산이 너무나도 멋있고 경치가 좋았다. 저 아래 보이는 시원한 바다와 바다 위에 떠있는 올망졸망한 섬들, 그리고 상주 해수욕장의 백사장이 짙푸른 해송과 함께 둥그렇게 펼쳐있어 마치 한 장의 그림 같았다.

큰 바위산은 기암절벽으로 멋진 절경을 이루고 있어서 그 하나하나를 무어라 형용할 수 없는 풍경을 자아내고 있었다. 거기에다 보리암이 아주 깨끗하고 정결하게 바로 앞에 내려다보이니 가히 신선이 놀 만하다 할 수 있었다. 우리 나라에 불교가 들어올 때 처음 이 보리암으로 왔다고 한다.

남해 금산

우리 일행은 봉화대처럼 돌로 쌓아 논 금산(해발 681미터)에 올라 먼 바다와 산의 경치를 마음껏 감상하였다. 보리암에 가서는 건강한 몸을 주어 이 아름다운 곳에 올 수 있게 해주신 나의 신께 감사했다. 다시 올라가 산등성이의 펑퍼짐하게 보이는 주차장으로 갔다. 이 주차장은 보리암을 왕래하는 불자들을 위해 길을 만든 것인 듯 싶었다. 우리는 봉고차가 있어 탈까 말까 망설이다가 등산하는 사람들이 차를 타고 내려가서야 되겠는가 하고 걷기 시작하였다. 그런데 내려와서 생각해보니 쓸데없는 시간과 남은 힘을 허비했다. 산길을 달리는 차가 흙먼지를 일으켜 다 내려올 때까지 매우 곤혹스러웠으며 아주 먼길이었다. 몇 시간은 지난 듯 했다. 그러나 우리가 그 길로 오지 않았다면 언젠가 한 번은 꼭 걸어볼 길이었다.

(1993. 5. 14)

철쭉꽃을 보러 갔더니 : 소백산

다섯 번이나 등산화를 벗으며

대전에서 새벽 6시 30분에 출발하여 중부고속도로를 타고 증평→
괴산→월악산 입구→충주호를 따라 단양으로 갔다.

차창 밖에는 물과 산이 어우러져 멋진 풍경을 펼치며 지나갔다. 아
직 단양팔경을 구경 못 했는데 오늘 와 보는구나 생각하니 마음이 설
레었다.

말로만 들었던 천동동굴에 갔다. '정말 신기하구나! 어떻게 해서 이
땅 속에 이런 것들이 자라고 있었는가. 천연 옥으로 가득 찬 보물창고
구나. 자연이란 정말 신비스런 것, 인간이 흉내도 상상도 할 수 없는
것을 자연은 쉬지 않고 빚어내어 우리를 놀라게 하는구나'하고 생각
했다.

천동동굴에서 나와 안으로 4km쯤 갔을까? 소백산 다리안 주차장에 도착하였다. 매표소를 지나니 '다리안' 폭포가 있었다. 우리 일행은 웅장하게 쏟아져 내리는 하얀 폭포수를 보고 할 말을 잊은 채 모두 감탄사를 연발하며 입을 다물지 못했다. 비가 온 다음 날이어서 더더욱 장관이었다.

소백산 철축

한참을 큰 계곡 물이 흐르는 길로 거슬러 올라갔다. 물소리가 너무 커서 말소리도 들리지 않았으며 냇물이 넘쳐서 다섯 번이나 등산화를 벗고 맨발로 건너야만 했다. 물이 얼마나 차가운지 발이 시려워서 감각을 잃을 정도였다.

2시간 정도 오르니 수련장이 있었다. 점점 더 높이 올라가니 광대한 산등에 나무는 없고 들풀과 이름 모를 야생화들이 활짝 피어 쭉 깔려 있었다.

 해발 1,439미터의 정상에 오르니 오후 2시가 넘었다. 거의 4시간이 걸린 셈이다. 비바람과 폭풍에 철쭉이 모두 떨어지고, 남동쪽에 있는 몇 그루 철쭉만이 형형색색으로 아름답게 피어 있었다. 정상인 비료봉에서 기념 촬영을 하고 3시 30분에 비료사가 있는 풍기 쪽으로 하산했다. 도로가 농로 정도로 좁게 나 있어 큰 버스가 지나가는데 무척이나 애를 먹고 진땀을 뺐다.

 집에 돌아오니 9시였다. 늦게 돌아왔지만 전혀 피곤하지 않고 기분이 좋았다.

(1993. 6. 4)

초여름의 지리산 : 피아골

험준하며 지리하게 걷는 산인 줄 알았는데

유월의 따가운 햇볕 속에 무거운 배낭을 매고 노고단까지의 오름 길은 도보 훈련이 따로 없었다. 벌써부터 땀으로 범벅이 된 채로 노고 단에 우뚝 서니 지리산이 한눈에 비친다. 저 수많은 봉우리들의 이름 은 아직은 잘 모르지만 앞으로 하나하나 밟아보며 이름을 익히리라 다짐했다.

숲 속에 들어서니 신선한 바람과 향긋한 풀잎 향기가 우릴 맞아주 었다. 얼마나 선선하며 향기가 좋았던지 이런 길이라면 얼마든지 걸 을 수 있을 것 같다고 생각했다. 길옆으로는 철쭉이 쭉 깔려 있었고 못 보던 야생화가 여기저기 피어 있어 참 아름다웠다. 지리산은 험준 하고 지리하게 걷는 산으로 생각했는데 생각과는 반대로 길이 좋았다. 바라다 보이는 산들이 모두 위대해 보이고 순하게 느껴졌다.

돼지평전에서 보이는 앞산이 듣기만 했던 반야봉이었다. 우리는 먼저 간 일행이 있어 발길을 옮겨야만 했다. '저 반야봉은 꼭 한 번 가봐야지'하는 아쉬운 마음으로 피아골로 향했다.

피아골 산장 조금 못 미쳐 적당한 곳에서 우린 점심을 먹고 오락시간을 가진 후 피아골 산장으로 내려왔다. 거기서부터 큰 계곡이 시작되었고 계곡 옆으로 길이 나 있어서 시원한 물소리를 들으며 걸을 수 있었다. 피아골 계곡이 좋다는 소리는 이미 들은 바 있지만 정말 큰 계곡이었고 암반 위로 흐르는 물은 손이 시려 한참을 담그지 못했다. 나는 문득 피아골이 6·25 당시 빨치산들의 격전지로서 이 계곡에 시체가 쌓여 물이 핏빛이었다는 말이 떠올라 조금은 으스스 했다. 지리산의 아름다운 자연 속에 우리 민족의 슬픈 사연을 느낄 수 있어 숙연해지는 산행이었다.

(1993. 6. 24)

난생 처음 가 본 설악산·1 : 대청봉

구름은 온 세상을 다 덮고, 산봉우리만 남았다

난생 처음으로 설악산에 갔다.

장마철이라서 비가 오면 어쩌나 몹시 걱정했는데 오늘은 조금 흐릴 뿐, 비는 오지 않을 것 같았다. 일기예보에서 장마가 잠시 남쪽으로 이동하였다기에 안심을 하고 어제부터 꾸려 놓은 짐을 들고 날아갈 듯 설레는 마음으로 집을 나섰다.

아침 6시에 출발, 중부고속도로로 진입하여 여주-홍천-인제-백담사로 갔다. 백담사 입구에서부터 걷기 시작하여 50분 정도 걸으니 봉고차가 와서 우릴 백담사까지 싣고 갔다.

백담사 경내로 들어가 전두환 전 대통령이 은둔생활을 했던 방을 구경하고 12시 30분에 수렴동 계곡으로 출발했다. 계곡을 옆에 끼고 물소리를 들으며 계속 오르는데 구곡담폭포, 관음폭포, 쌍룡폭포 등 장엄한 폭포가 너무도 멋있었다.

계곡을 따라 걸었지만 무척 더워서 땀이 나고 목이 탔다. 물 한 모금, 사과 한 쪽이 그렇게 맛이 있는지 그때 처음 알았다. 나는 멋진 풍경을 마음껏 느끼고 사진기에 담았다.

그렇게 한참을 가는데 C팀 중 누군가 다리에 쥐가 났다는 소리를 듣고는 걱정이 되어 천천히 가면서 연락이 있길 기다렸다. 잠시 후 그 사람이 오는 중이란 소식을 듣고 앞으로 전진, 점점 드러나는 설악산의 기품에 놀라움을 금치 못했다.

왼쪽을 보니 하늘을 찌를 듯한 봉우리와 암벽이 바로 눈앞에 닿았다. 시간상으로 보아 이젠 우리가 잠잘 곳인 봉정암에 거의 다 와 가는 것 같았다.

깔딱고개를 오를 때는 힘이 들어 네 발로 기어올라갔고 거기서 좌측 길로 내려가니 봉정암이 나왔다.

봉정암에 도착해서 모두 땀으로 범벅이 된 몸을 얼음물처럼 차가운 물에 씻고 법당에 가서 기도한 후 앞산에 올라 사리탑을 보고 희한한 풍경을 보았다.

서산에 해는 져서 땅거미가 질 때 구름인지 안개인지 아래에서 하얗게 밀려오더니 온 세상을 다 덮고 산봉우리만 남았다. 바다인지 산인지 온통 하얗고 석양은 온 산하를 빨갛게 물들였다. 너무나도 아름답고 신비스러웠다. 마치 복잡한 세상을 잠시라도 잊으라는 듯이 모두 가리워져 있었다.

산 속에서의 깊고 고요한 밤, 내일을 위해 잠을 청해 보지만 잠은 오지 않고 몸만 뒤척였다. 잠자리가 불편해서 한숨도 못 자고 모두들 밤을 그렇게 지새웠다.

　나는 일찍 일어나 모든 준비를 끝내고 설악산의 일출을 보기 위해 산에 올랐다. 어제 보았던 운무는 그

설악산 대청봉 정상에서

대로 있고 일출은 큰 바위에 가려 보지 못했으나 잠시 후 밝은 태양이 구름을 비추며 떠오르는데 구름이 너무나 희고 아름다웠다.

　바로 앞에 내려다보이는 용아장 능선은 묘하게 생긴 바위들이 우뚝우뚝 서있고 저 앞에는 공룡능선이 쭉 펼쳐 있어 한 눈에 보였다. 날이 너무 맑아 또렷하게 잘 보였다.

　우리는 아침을 먹고 대청봉으로 향했다. 소청산장과 중청봉을 지나 드디어 대청봉에 도착했다. 우리 나라

중북부 산 중에서 최고로 높은 산에 내가 올라온 것이다. 모든 만물과 사람들이 다 저 아래에 있고 높이만 떠 있던 구름까지도 저 밑에 있었다. 아침 햇살을 받은 하얀 구름이 해피론 솜을 깔아 놓은 듯 깨끗하고 맑아 구름 속에서 금방이라도 선녀들이 뛰어 나와 춤을 출 것만 같았다. 이 기쁨과 감격을 어떻게 나타낼 수 있을까 눈물이 났다. 그리고 모든 사람들한테 고마움을 느꼈다.

　아쉬운 마음으로 천불동 계곡으로 하산하기 시작하였다. 회운각 대

피소를 지나 천당폭포에 이르니 양쪽에는 만물상을 펼쳐 놓은 듯 여러 모양의 바위들이 신기하게 아름다웠다. 탁 트인 계곡 사이로 사다리를 타고 내려오는 하산 길은 경치가 좋았고 볼거리도 많았다.

난생 처음 깊고 높은 산 중에서 밤을 보내며 하얀 달빛의 구름밭을 보았다. 낮에는 여러 형상으로 된 기암 괴석을 보았다. 이 자연의 위대함을 어찌 인간이 평할 수 있겠는가? 그저 신비스럽고 아름답다는 표현 밖에는…….

(1993. 7. 1~2)

지리산 천왕봉의 일출 : 지리산

하늘엔 별이 초롱초롱 하더니

지리산은 광대하고도 늠름해 보였다. 산에 들어서니 유년시절 아버지 등에 업혔을 때처럼 믿음직스럽고도 포근했다.

중산리 수련장 입구에서부터 걷기 시작하여 해발 1,450미터에 위치한 법계사에 도착하였다. 법계사는 스님 한 분만이 계셨으며 겉으로 볼 때 아주 가난한 절로 보였다. 마당 한복판에 보물로 지정된 자연석 기단의 삼층석탑이 있어 예사로운 절이 아닌 듯 싶었다. 이 절은 우리 나라에서 가장 높은 곳에 위치한 절이었다. 길도 험하고 높아서 찾아오는 불자들이 별로 없을 것 같았다.

어둠이 짙게 깔린 초저녁, 법당에서 예불소리가 들렸다. 나는 절실한 불교 신자는 아니지만 오늘만은 부처님께 소원을 빌고 싶어 법당

안으로 들어갔다. 이번 산행에 올 수 있게 해주신 나의 신께 감사했다. 이번 산행에 아무런 사고 없이 끝낼 수 있게 해달라고 지리산 터줏대감과 부처님께 기도했다. 너무도 고요하고 적막한 밤이라서 스님의 불경 소리와 목탁 소리는 아주 맑고 고요하게 지리산에 메아리로 울렸다.

새벽 2시 40분. 일출을 보기 위해 캄캄한 새벽녘에 손전등을 들고 가파른 바윗길을 올랐다. 별이 초롱초롱, 구름 한 점 없이 맑은 하늘이었다. 점점 날이 밝아지며 해발 1,915미터의 천왕봉에 거의 도착할 무렵 산 아래에서 하얀 구름덩이가 얕은 계곡으로부터 빠른 속도로 밀려오더니 나보

천왕봉 정상에서

다 먼저 정상에 올라가 온 산을 컴컴하게 덮쳤다.

새벽 5시. 몹시 추워서 웅크리고 앉아 하늘만 쳐다보았다. 혹시라도 구름이 걷힐까 싶어 6시까지 기다리다가 아쉬운 마음으로 발길을 옮겼다. 제석봉, 장터목산장, 연하봉, 촛대봉, 세석산장까지 4시간 동안 안개 속을 걸었다.

세석에서 거림으로 하산하는데 큰 돌다리 길을 펄쩍펄쩍 뛰면서 걸어야만 했다. 거림에 도착하여 식당에서 점심을 먹고 차에 올랐다.

지리산은 정말 좋았다. 가슴이 벅찼다. 나는 또 감사했다. 나를 이

곳까지 보내 준 남편에게, 또한 건강한 몸을 주신 부모님께도 감사
했다. 잠 못 자고 이틀을 걸었지만 피곤하지 않고 마음이 즐겁기만
했다.

(1993. 9. 9)

지리산 일출

캄캄한 새벽녘
손전등 켜들고 산을 오르는데
오늘따라 유난히 밝게 보이는 새벽별
나를 따른다

자그락 자그락
등산화에 부딪히는 돌멩이 소리
고요 속의 적막을 깨뜨리고

헉헉대며
등성이를 오르자
정산이 보이고 산자락이 보인다

어디에 숨어 있었는지
하얀 안개가
우리보다 먼저
천왕봉 정상에 오르면서
온 산을 덮는다

그래도 희미한 일출이라도 볼까 싶어
동쪽을 향해 멈춘다.

광주 시민의 휴식처 : 무등산

빨간 등산복과 하얀 억새꽃과의 어우러짐

광주 시내를 벗어나 무등산 주차장에 다다랐다. 평소에도 사람들이 많은지 산행객들이 많았다. 증심사가 있는 곳으로 산에 오르는데 소나무가 어찌도 많은지 향기가 진동했다. 나는 일부러 숨을 크게 들이마시면서 걸었다.

큰 솔밭을 지나 돌산을 걸었다. 그때서야 넓은 광주 시내가 보이고 산의 경치가 드러나는데 역시 좋았다. 산책 나

무등산 입석대에서

왔던 많은 사람들은 점점 줄어들어 어쩌다 보였고 우리들만이 빨간 옷과 하얀 억새꽃, 나무들과 어우러져 한 줄로 오르는 모습이 참으로 아름다워 보였다. 펑퍼짐한 산을 올라가면서 지난 번 갔다 온 지리산에 오르는 느낌이 들어 "전라도 산은 좋구나"하니 옆에서 누가 전라도가 고향이냐고 물었다.

가파른 오르막길을 힘겹게 올라서니 널따란 평지였다. 정상인가 했더니 거기가 중머리재라고 누가 말했다. 하얗게 만발한 억새꽃이 바람에 하늘거리는 모습은 가을의 정취를 물씬 풍겨 주었다. 거기서 잠시 억새꽃 속에서 기념촬영을 하고 다시 산에 오르기 시작하여 해발 1,017미터에 위치해 있는 입석대에 도착하였다.

입석대! 이름 그대로 큰 돌기둥이 높이 깎아 세운 듯 겹겹이 신기하게 서 있다.

입석대에서 또 다시 오르기 시작하여 모두 지친 모습으로 어렵게 천황봉에 올랐다. 정상은 출입금지라서 바라만 보고 거기서 점심을 먹은 후 서석대에 가서 쭉쭉 뻗어있는 암석을 보고 신기해하며 이곳 저곳 보기에 바빴다. 올라왔던 코스로 중머리재까지 내려와 거기서 직진했다. 능선을 따라 내려오는데 거기도 소나무 숲이 한동안 이어졌다. 은은한 솔잎향기가 온몸으로 코로 파고 들어와 상쾌했다. 가벼운 발걸음으로 약사암을 지나 주차장에 닿았다.

(1993. 9. 23)

온 세상이 다 보이네요 : 오대산

웅장하고 어마어마한 고봉들

몇 년 전 단풍이 절정일 때 한 번 가본 오대산. 너무나 단풍이 곱고 아름다워 오대산 하면 단풍든 빨간 산만 생각이 났다. 특히 요즘이 단풍철이라서 잔뜩 부푼 가슴으로 오대산에 갔는데 단풍이 그때만 못해서 아쉬웠다. 그래도 오늘은 등산을 하기 위해 왔으니 정상에 오르면 더 멋있는 산을 보겠지 생각하고 산에 올라갔다.

상원사-중대사-적멸보궁(부처님의 정골사리를 봉안한 한국 제 1의 명당 자리라 함)을 지나면서부터 가파른 길로 오르는데 무척이나 힘이 들었다. 해발 1,563미터의 정상인 비로봉에 오르니 시야가 탁 트여 시원했다. 산사람들이 하나 둘씩 정성껏 쌓아 올린 돌탑이 정겹게 보였으며, 삥 둘러 보이는 효령봉, 상황봉, 두루봉, 동대산 등의 웅장하고 어마어마한 고봉들이 순하디 순하게 보였다. 멀리 북으로는 설악산 대청봉도 보이고 푸른 동해바다도 보였다. 날씨가 맑아 더욱 가깝고 선명하게 보였다.

상황봉을 지나 안부까지 내려오는 길 숲에는 당귀가 많아 약초 냄새가 코를 찔렀다.

산에서 내려와 월정사에 들러 참배하고 나오는데 갑자기 비가 오기 시작하여 늦게 나온 사람들은 비를 흠뻑 맞았다. 젖은 옷에서 물이 줄줄 흘러내려 버스 속은 온통 빗물로 흥건하였다. 그러나 대전까지 오는 사이 차 속이 따뜻해서 모두 말라 별 문제는 없었다.

(1993. 10. 14)

매화꽃처럼 아름다운 : 매화산

꽃이 핀 듯한 바위들 모두가 작품이고

'매화산'하면 너무나도 좋은 산이라고 이구동성으로 말한다. 그래서인지 무척이나 가보고 싶었던 산이었는데 오늘에서야 설레는 마음으로 진달래 팀을 따라 매화산에 갔다. 합천 해인사에 가기 전 저 멀리 뾰족뾰족하게 보이는 산이 매화산이다.

청량사로 가서 산에 오르기 시작했다. 온 산에 다복다복 모여있는 바위들, 금방 넘어 갈 듯 서로 기대고 있는 바위들, 옹기종기 모여 꽃이 핀 듯한 바위들 모두가 안 보고는 느낄 수도 상상할 수도 없는 아름다운 산이었다. 그저 감탄사만 연발했다. 거기에다 단풍까지 들어 장관이었다. 바위틈을 교묘하게 이어나가는 길, 절벽을 오르는 길, 아슬아슬한 난간을 돌아가는 길 모두가 즐겁기만 하였다.

3시간 여만에 어려운 줄 모르고 해발 1,010미터의 정상에 올랐다. 울퉁불퉁하고 넓적한 암봉에는 남산 제 1봉 이라는 표적이 있었다. 저 밑에는 해인사가 있고 그 뒤론 웅장한 가야산이 펼쳐있었다. 정상에서 내려와 뒤로 돌아가니 하늘로 쭉쭉 뻗어있는 암봉의 모습 은 꼭 "금강산 선인

매화산

장" 같았다. 그 곳에서 점심을 먹고 해인사 쪽으로 내려왔다.

차를 타고 나오면서 단풍으로 물든 해인사 계곡의 환상적인 경치를 보고 너무 좋아 차에서 내려 한참을 걸으며 낭만에 젖어 들기도 했다.

오면서 길가의 사과밭에서 맛있는 사과를 보니 아이들 얼굴이 떠올랐다. 모두들 한 배낭 가득히 사과를 사서 짊어지고는 흡족한 모습으로 돌아왔다.

(1993. 10. 26)

서울의 진산 : 북한산

암벽 타는 산악인들이 많아 서늘해진 간담

북한산은 도봉산을 이어 인왕산과 안산으로 이어져 서울의 서쪽 면과 중심부를 감싸고 있는 진산이다.

이 산은 해발 836.5미터나 되는 서울 일원에서 가장 높은 산으로 백운대, 인수봉, 만경대 세 봉우리가 우뚝 솟아 있어 삼각산이라 불린다. 북한산은 내가 전부터 무척 가보고 싶었던 산으로 오늘 우리 등산 회원들과 집을 나섰다.

33년 전 우리 집이 창동으로 이사해서 내가 살았던 곳, 그때는 아주 변두리였는데 지금 생각해 보니 창동까지 도시계획 정리하느라 산을 개간하여 주택이 들어서고 점점 도시화되어 갈 때였던 것 같다.

그때는 북한산이 바로 눈앞에 우뚝 솟아 있었지만 정상에는 갈 줄도 모르고 계곡에만 몇 번 갔었던 기억이 난다.

우리 차는 중부고속도로로 진입, 구리에서 서울 방면으로 빠져 나와 창동을 지났다. 그때의 야산과 다리, 집을 찾아보았지만 빽빽이 들어선 아파트와 빌딩만 보일 뿐 아무런 흔적도 없이 북한산 자락만이 그대로 남아 있었다.

우리는 우이동에 있는 도선사 주차장으로 가서 절에 들려 참배하고 산에 오르기 시작하였다. 우이동 산장을 지나 깔딱 고개로 해서 쪽두리봉으로 오르니 북한산의 얼굴인 인수봉이 드러났다. 수십 미터 암봉으로 되어있는 인수봉을 오르는 등반대가 몇 사람 보였다. 거기 오르다가 낙반 사고로 숨진 사람들도 많다는데 아슬아슬 하였다.

우리는 등산로가 잘 나 있는 길로 줄을 타고 오르며 계속 큰 바위산을 타기 시작하였다. 한참을 오르니 무슨 성인듯 싶은 곳이 있어 자세히 보니 "위문"이었다. 거기에 오르니 백운대 정상이 보이고, 등산객들이 울긋불긋 한 줄로 기어올라가는 모습이 아름답게 보였다.

암봉으로 된 정상에는 무슨 깃대가 바람에 휘날리는데 그것 때문에 더욱더 큰 산에 온 느낌을 받았다. 그리고 막바지 코스가 아슬아슬하여 재미있었다.

나는 백운대 정상에 서서 확 트인 세상을 바라보았다. 저 아래 모든 산하가 다 보였다. 그때의 기분은 어렵게 산에 올라본 사람만이 느끼는 소중한 시간이다. 세상의 모든 것을 다 얻은 것처럼 기쁘고 몸과 마음이 시원했다. 쫙 펼쳐진 서울 시내가 한눈에 들어왔다.

북한산에는 14개의 성문이 있다고 한다. 그것은 옛날 서울을 지키고 보호하기 위해 만들어 놓은 성문일 것이다. 많은 암봉과 험한 절벽

및 험준한 지세를 이용하여 삼국시대 때 백제의 계루왕이 처음으로 북한산에 성을 쌓았다고 한다.

어떤 산이든 그 산의 매력을 지니고 있지만 북한산은 아래에서 보나 올라와서 보나 장엄하고 위대해 보였다.

바로 앞에는 매끄럽게 우뚝 솟은 인수봉이 있고 뒤에는 고양군 파주가 보이며 멀리는 강화도까지 보였다. 높고 낮은 산들이 첩첩으로 있어 마치 한 폭의 동양화를 연상케 했다. 나는 이 아름다운 현실에 눈과 마음이 멀어 발길을 옮길 수가 없었다. 마음 깊숙이 간직하고 돌아서서 약수암, 용암문을 거쳐 대동문 성문을 통과하여 능선을 타고 계곡을 따라 내려와 아카데미 하우스에 도착했다.

오늘도 즐겁고 보람있는 산행이 되어 흐뭇했다.

(1993. 11. 12)

제 2부

계왕산에서 경포대까지

성으로 둘러싸여 있는 : 금정산(고당봉)

성으로 둘러싸인 금정산

녹색팀과 아침 7시에 출발. 부산 금정구 금정산 기슭 동문에서 산에 오르기 시작했다. 온 산이 모두 산성으로 되어 있고 소나무 산으로 되어 있어 상쾌했다. 우린 한참 동안이나 소나무 숲을 걸었다. 곳곳마다 동아그룹 사원들이 단합대회를 하고 있었다. 등산로는 산책로처럼 그리 가파르지도 않고 겨울 날씨지만 햇볕이 따뜻해서 남쪽 나라에 온 실감이 났다.

의상봉, 원효봉에서 바라보는 부산 앞바다의 풍경들, 그리고 옹기종기 모여있는 바위들이 한가롭게 부산 시내를 바라보고 서 있었다.

북문을 지나 한참을 올라가 금정산장에서 점심을 먹고 암봉으로 된 해발 801.5미터에 위치한 금정산 정상에 오르는데 오르막길이 몹

금정산 고담봉에서

시 힘들었다. 그러나 정상은 통제구역이었다. 관리인한테 우린 멀리
있는 대전 YWCA에서 왔으니 가게 해 달라고 사정을 해서 겨우 정상
에 올라갈 수 있었다. 정상은 매끄러운 바위로 되어 있고 고담봉이라
고 써서 바위틈에 세워 놓았다. 샘물이 있다는데 몇 사람씩 올라가 사
진을 찍는 바람에 보지 못하고 급하게 내려왔다.

　산에서 내려와 북문을 거쳐 거찰인 범어사로 하산했다. 부산 시내
에서 가까운 곳에 많은 섬과 바다, 큰 항구와 푸른 산을 모두 한 눈으
로 바라다 볼 수 있는 금정산이 있어 부산 사람들은 참 좋겠구나 하
는 생각을 하였다.

(1994. 1. 27)

제왕산에서 경포대까지 : 제왕산

엉덩이를 땅에 대고 미끄럼을 타면서

대관령 휴게소에서 내려 윗길로 올라가 우측 산길로 들어섰다. 눈이 많이 와서 온 산이 하얗고 산길은 빙판을 이루었다. 아이젠이 없으면 한 발짝도 움직이지 못할 정도로 미끄러운 길. 계속 능선으로 능선으로 가는데 강원도의 그 높고 높은 산들이 모두 보였다. 눈이 쌓인 산길을 어린아이들처럼 뛰어가며 즐거워했다.

해발 841미터의 제왕산 정상에 올랐다가 내려올 때는 아예 엉덩이를 땅에 대고 미끄럼을 타면서 동심의 세계로 돌아갔다. 그렇게 한참 내려오니 박물관이 있었다. 거기서 기다리고 있었던 차를 타고 경포대 해수욕장으로 갔다. 바다는 하얀 면사포를 쓰고 축제를 하며 음악에 맞춰 춤을 추고 있었다. 아마도 바다의 교향곡이 울렸을 것이다.

제왕산에서

나는 하얀 파도가 밀려오는 줄도 모르고 출렁이는 가슴으로 사진을 찍다가 등산화와 옷을 모두 적셔버렸다. 너무나도 갑작스런 현실 속에서 내 마음은 바다에 빠져 있었다.

집에 가고 싶지 않았다. 저녁 바다도 보고 아침 동해의 일출도 보고 싶었다. 이런 때는 내가 스무 살도 안 되는 소녀같이 마음이 설레고 사색에 잠기고 싶었다. 하지만 하는 수 없이 아쉬운 마음을 바다에 남긴 채 버스를 타야만 했다.

(1994. 2. 24.)

경포대 바다는

경포대 바다는 언제나
많은 관중이 있는
춤추는 공연장이었지

수평선 위로 하얀 면사포 쓰고
손에 손을 마주잡고
수많은 신부들이 춤을 추며 뛰어 오면
첫눈에 관한 관중들은 벌써부터
잔잔했던 가슴이 출렁이었지

쏴아 쏴아-
가슴을 쓸어 내리는 심벌즈 소리
경쾌한 행진곡이 시작되면
갈매기도 덩달아 날개 짓하며
주위는 온통 축제 분위기

마음이 들뜬 관중들은 환호성을 치며
무대 속으로 뛰어 들어가
신부들과 함께 폴카를 추며
온 몸이 젖는 줄도 모르고
그들 세계로 푹 빠져들었지

모두 한 몸으로 뒤엉켜 있었지.

춘천호반을 보며 : 삼악산

흰 눈을 말없이 다 받아들이는 춘천호반

차창 밖에 흰눈이 펑펑 쏟아졌다. 오늘 산행은 무척 재미있는 산행이 될 것 같은 예감이 들었다.

강원도에 눈이 많이 쌓였다는 뉴스를 듣고 아이젠, 스피츠, 모자 등 만반의 준비를 했다. 듣던 대로 강원도에 접하니 눈이 많이 쌓여 있어 마음이 벌써 설레였다. 산에 쌓여 있는 눈을 볼 생각을 하니 가슴이 벅차 올랐다. 팔당댐을 거쳐 청평유원지, 춘천호반, 흰눈과 산, 강이 한데 어우러져 너무나도 멋있는 풍경이었다. 우린 강촌역 부근 삼악산 입구에 도착하여 삼악산장, 상원사 쪽으로 올라갔다. 조금 올라가니 온 산천은 눈으로 덮여 있었고 저 아래 보이는 춘천호반은 흰 눈을 조용히 받아들였다.

능선길은 아슬아슬한 칼날이었고 미끄러웠지만 재미있게 올랐다. 해발 645미터의 정상에서 점심을 먹는데 얼마나 추운지 손이 시려워 수저를 들 수가 없었다.

흰눈과 산, 강이 한데 어우러진 삼악산

거의 다 내려 왔을 무렵 등선폭포쯤에서 함박눈이 쏟아져 뭐라 형용할 수 없을 정도의 아름다움을 만끽할 수 있었다. 눈 앞 가까이 보이는 곳은 절벽에다 무슨 굴 사이를 세찬 눈보라와 함께 사다리를 타며 들어가는 느낌, 한 치 앞도 안 보여 더듬대며 내려오니 상점이 보이고 회원들이 보였다. 아무리 생각해도 그곳이 어떻게 생겼는지 몰라 한 번 더 가 보았으면 싶다.

(1994. 3. 24)

남한의 최고봉 : 한라산 · 1

갈 길은 멀었는데 여기까지 와서 포기할 순 없지

아침 7시에 출발, 관광버스로 김해 비행장으로 갔다. 언제나처럼 마음이 설렌다. 아주 청명한 날씨라서 기내에서 창공을 내려다보니 우리 나라 남해 지방 섬들이 모두 한 눈에 보였다. 난 하나라도 놓칠까봐 계속 살펴보았지만 어디인지 구분하기가 어려웠다. 30분 정도 가니 제주도에 도착했다. 어쩌면 그렇게 푸르고 깨끗한 초원들이 펼쳐져 있는지 아름답기만 하였다. 가까이 한라산도 둥그렇게 보였다.

관광버스가 대기하고 있어 곧바로 그 차를 타고 용두암, 민속촌을 두루 관광하고 숙소에 돌아와 짐을 풀었다.

저녁은 호텔에서 먹고 밤에 어시장에 나가 광어회를 떠와서 맛있게 나누어 먹으며 즐거운 시간도 가졌다.

이튿날 아침 6시. 성판악에서 산행은 시작되었다. 산 속으로 한없이 올라갔다. 사라 대피소에 조금 못 가서는 회원 하나가 넘어져 다리를 다쳤다. 하지만 회원은 "여기까지 와서 포기할 순 없지"하고 독한 마음으로 절룩거리며 걸었다. 그나마 걸으니 좀 마음은 놓였으나 너무나 안타까웠다.

11시 40분에 해발 1,950미터의 한라산 백록담에 도착했다. 돌은 모두 시커멓게 죽은 푸석한 돌이고 백록담의 물은 거의 말라서 얼마 있지 않았다.

남한에서는 가장 높은 산에 난생 처음 와 보니 감격스러웠다. 우리나라의 유명한 설악산, 한라산, 덕유산을 모두 다 가 보았다고 생각하니 너무나 가슴이 벅차고 내 자신이 대견스럽기까지 했다.

용진각 대피소로 내려오다가 날등에서 점심을 먹고 한라산 정상을 올려다보니 너무 아름다웠다. 고사목들도 많아 높은 산임을 한껏 자랑하였다. 가파른 내리막길을 몇 시간 동안 걸었다. 관음사 공원 관리소에 도착하니 오후 4시가 되었다. 5시에 차를 타고 공항 근처의 식당에서 저녁식사를 하고 7시 비행기로 부산으로 출발, 밤 12시 30분에 대전에 도착했다.

1박 2일로 관광도 하고 한라산 등반하고 집에까지 왔으니 꽉 찬 일정으로 바쁘게 움직였다. 대전에 도착하니 남편과 큰아들이 마중을 나와 또 다시 행복감에 젖어 가족이 소중함을 더욱 느끼게 했다.

(1994. 5. 19)

진달래로 유명한 : 비슬산

막바지 오르막길에서 회원 하나가 질식해 쓰러지고

몇 주일 째 목요일마다 계속 비가 내렸다. 오늘만은 반갑지 않았다.

진달래꽃으로 유명한 비슬산을 보러 경북 달성군 유가면 유가사로 출발했다. 막바지 오르막 길이 매우 가파른 데다 비가 와서 미끄러웠고 날씨 또한 몹시 더워서 힘들었다. 가파른 오르막길에서는 회원 하나가 갑자기 질식해 쓰러져서 무척 놀랐다. 신동숙 회장이 수지침으로 열 손가락을 모두 따 피를 빼고야 의식을 찾았다. 손남이 씨도 애썼다. 몸을 생각지 않고 너무 힘들게 하면 그런 무리가 올 수 있으니 몸을 좀 아껴야 한다는 생각이 들었다.

해발 1,083미터 정상으로 가는 능선길은 진달래밭이었다. 진달래꽃이 피자마자 비를 만나 반은 떨어져 별로 예쁘지는 않았지만 그래도 온 산을 빨간 진달래꽃이 덮고 있어서 보기에 좋았다.

　간간이 내리던 이슬비는 그치고 하얀 구름이 산 위에 낮게 떠서 빠른 속도로 이쪽저쪽으로 옮겨가며 산과 꽃을 살짝살짝 보여주니 아름다웠다.

　조화봉을 앞에 두고 좁은 길로 하산했다. 꼬불꼬불 열두 구비 길로 내려오는데 얼마나 멀든지 지겹기까지 했다. 그러나 두릅을 따면서 내려올 때는 마냥 기쁘기만 하였다. (산행시간 : 6시간 30분)

(1998. 4. 23)

일본에 있는 : 북알프스산

장장 2시간이나 걸려 입국심사를 받았다

첫째 날

기다리고 기다리던 그날이 왔다. 새벽 4시. 어젯밤에 꾸려 놓은 배낭을 다시 확인하고 그이의 전송을 받으며 집결 장소로 갔다. 외국 나들이는 처음이라서 그런지 마음이 무척 설렜다. 일본은 선진국이므로 모든 시설도 잘 되어 있어 전자동식이 많다는데, 얼마나 촌놈 행세를 할 것인지 걱정이었다.

대전에서 6시에 출발하였다.

김포공항에 여유 있게 도착해서 수속 절차를 마치고 9시 35분 비행기를 탔다. 가장자리에 앉게 되어 마음대로 밖을 내려다 볼 수 있었다. 저 아래 우리의 강산이 보였다. 얼마쯤 가다 보니 동해 바다가 끝없는 수평선을 만들어 놓았고 파아란 바다 위에는 하얀 구름이 비누거품처럼 떠 있었다. 순간 얼마나 높이 떠 있는가를 실감할 수 있었다. 마냥 신기해서 창 밖을 내려다보며 소녀처럼 즐거워했다. 설렘과 기대 속에 하나라도 놓칠세라 창에서 눈을 떼지 못했다. 그러는 사이 목적지에 다 와 가는지 하얀 뭉게구름이 가까이 둥실둥실 떠 있고 구름 속을 가로질러 빠져나갈 때는 기체가 흔들리며 요란한 소리도 났다. "야! 저기가 일본 땅이구나" 바닷가에는 길이 하얗고 선명하게 보였다.

잠시 후 우린 일본 국제 공항에 도착했다. 거기서 장장 2시간에 걸쳐 입국 심사를 받았고 너무나 치밀하게 검사를 해서 기분이 좀 상했다. 잠시 후 미리 대기하고 있던 차가 우리를 목적지로 인도했다.

조금 전 나빴던 기억은 금세 사라지고 느긋하게 창 밖을 보며 새로운 풍경에 젖어들었다. 동경 시내를 빠져나가는데 도로가 막히는 것은 대전이나 마찬가지였다. 어느덧 도심을 벗어나 시원한 고속도로를 달렸다. 길이라든가 주택, 산, 도시, 농촌 없이 모두가 초록빛이었다. 허허벌판에도 집이 있으면 큰 정원수가 몇 그루씩은 있었다. 산은 파헤쳐진 곳도 없고 묘소도 없었으며 산허리를 깎아 길을 만든 곳도 전혀 없었다. 우리 차는 미끄러지듯 아주 여유 있게 대자연을 뚫고 들길과 산길을 달렸다. 가까이 혹은 멀리 보이는 집들이 마치 별장처럼 아름답게 보였다.

깜깜한 밤에 도꾸자와 롯찌라는 곳에 도착했다. 이곳이 해발 1,700미터라니 높고도 깊은 산중이다. 여기서 또 산장까지 가기 위해 택시를 기다렸다. 잠시 하늘을 바라보았다. 오늘따라 유난히 반짝거리는 별들을 보니 새벽에 전송 나온 남편의 모습이 다정하게 떠올랐다. 두어 대의 지프차와 택시로 나누어 타고 산장에 도착하여 짐을 풀고 휴식을 취했다

둘째 날

아침에 산장을 나와 보니 멀리 보이는 높은 산에는 얼음덩이가 군데군데 하얗게 쌓여 있었다. 좋아서인지 공해가 없는 깊은 산속이라서인지 아주 맑게 잘 보였다.

일본 북알프스산을 오르며

길은 대체로 넓게 나 있고 가파르지 않아 걷기에 수월했으며 날씨도 높은 산이라서 삼복더위인데도 불구하고 선선하여 초여름 날씨 같았다. 길가에는 우리 나라에서도 볼 수 있는 나무와 풀잎들이 있어 우리 나라의 산을 걷는 느낌이 들었다. 그런데 해발 2,500미터 고지 산장에서 점심을 먹고 나서부터 문제가 발생하였다.

호다까 정상을 눈앞에 두고

오르는데 다리가 갑자기 무거워서 몇 걸음만 걸어도 너무나 힘이 들어 견디기 힘들었다. 나만 그런 것이 아니라 몇몇이 내 뒤에서 오지 못하고 있었다.

산장에 도착하니 날씨가 몹시 추웠다. 아래에서 보았던 얼음덩이가 곳곳에 큰 바위덩이처럼 얼어 있었다. 아래쪽은 푹푹 찌는 여름이었지만 이곳은 겨울이라니 참 신기했다.

저녁에는 고소증 때문인지 한 숨도 못 자고 아침을 맞이했다.

셋째 날

일출을 보기 위해 밖에 나오니 눈앞이 캄캄하고 어질어질했다. 빨리 산장으로 들어가 진정시키려 했으나 속이 미식거려 토할 것만 같았다. 억지로 밥 한 수저 물에 말아먹고 '마음을 단단히 먹고 지금 포기하면 안 되지, 끝까지 잘 버티자!' 결심하였다.

아침 7시. 2,900미터 고지 산장에서 해발 3,190미터 정상을 향하여 출발했는데 길이 험했다. 아침 햇빛이 너무나 강렬하여 앞이 잘 보이지 않았다. 눈앞에 바위만 보이고 아무런 생각도 없었다. 정신을 차려서 어떻게 하든 무사히 올라가야지 그 생각뿐이었다. 어렵게 어렵게 올라가 드디어 정상에 도착했다. "와! 해냈다!" 나는 일본에 와서 높고도 높은 산 정상에 올랐다. 가슴이 벅차 오르며 내 자신이 대견스러웠다. 건강한 몸을 주신 부모님, 여기까지 보내준 우리 남편에게 또 한 번 기쁨 속에서 감사함을 느꼈다. 여보! 감사합니다. 당신 덕분에 이 일본 땅 높고도 높은 호다까산 정상에 올라와 감격하고 있습니다. 눈물이 났다. 이 순간을 놓칠세라 눈물을 닦고 모자를 고쳐 쓰고 기념

촬영을 했다.

눈앞에 펼쳐진 마에산, 기다산 여기저기 웅장한 봉우리가 늠름하게 버티고 있었다. 너무나도 큰산이라서 등산객들을 바라보면 꼭 개미떼가 지나가듯 작게 보였다. 조금 내려가 넓은 바위에서 쉴 때 비로소 몸이 가벼워진 느낌을 받았다.

이젠 내 몸이 정상으로 돌아와 얼마든지 걸을 수 있는 자신감이 생겼다. 거기서부터 2시간 가량 내려오니 조그마한 산장이 있었다. 산장에 도착하여 화장실의 문을 열고 나는 놀랐다. 너무 깨끗해서 화장실에 들어갈 때 신을 벗고 들어가야 하나 망설이기까지 했다. 우리는 그곳에서 점심을 먹고 맑은 공기와 신선한 바람 속에 내려오니 기분이 무척 상쾌했다.

2시간쯤 더 내려오니 큰 냇물이 있었다. 옷이 땀에 흠뻑 젖은 우리는 그 물이 너무나 반가웠다. 하지만 누구하나 냇물에 들어가는 사람이 없었다. 손도 발도 담그는 사람이 없었다. 휴지 하나, 빈 병 하나 없이 깨끗하고 아무 데서나 음식도 먹지 않았다. 정말 우리 나라 사람들도 그랬으면 얼마나 좋을까 생각을 하며 우리는 택시로 묘우꼬우 온천 여관으로 갔다.

넷째 날과 다섯째 날은 시내를 관광하고 쇼핑도 하였는데 많은 것을 보고 배우고 느꼈다.

며칠 동안 바쁜 일정 속에서 집 생각할 겨를도 없이 즐거운 시간을 보냈다. 나는 기내에서 잠시 눈을 감고 그이와 아이들을 생각했다. 그이와 애들한테 고마움을 느꼈다. 그러는 사이 예쁜 목소리로 도착을

알리는 방송이 나왔다. 우린 공항에서 나와 대기하고 있던 버스를 탔
다. 4박 5일 간에 있었던 에피소드를 나누며 피곤한 기색 없이 웃고
웃었다. 이제 길고 긴 산행과 여행이 끝났다.

대전에 도착하니 밖에는 가족들이 모두 나와 우리를 반겼다. 우리
그이와 아들도 나를 기다리고 있었다. 반갑고 행복했다. 나는 그이의
손을 꼭 잡고 "그동안 잘 지냈어요?"하며 눈물을 글썽이면서 씨익 웃
었다.

(1994. 7. 22〜27)

억새꽃의 물결 : 재약산

꿈 속에서 어딘가를 걷고 있는 듯

6시에 출발. 구연리 천황사로 가서 가마볼 폭포를 보고 얼음골 쪽으로 오르기 시작하였다.

가파른 길이었다. 능선의 오름길이라 그런지 앞 산과 옆 산의 경치가 다 보였고, 쾌청한 가을 날씨가 나의 기분을 더욱 상쾌하게 해주었다.

한참을 올라가니 바위를 안고 도는 위험한 곳도 있었고 땅이 매우 미끄러우며 곧은 오르막길이어서 등산은 조금 어려웠다. 어렵고 위험해서 우리 팀만 오기를 잘했다 싶었다.

능선에 오르니 양쪽 갈림길이 나오고 아주 광활한 평지 같은 산 위에 올랐다. "야 이런 곳도 다 있구나!" 억새꽃은 하얗게 만발하고 키

가 작은 들국화, 구절초들이 여기저기 피어 있고 키 작은 나무들뿐이
었다. 한 마디로 말해 영남의 알프스라더니 금방 저쪽에서 카우보이
가 나타날 것만 같았다. 꿈 속에서 어딘가를 걷고 있는 듯 너무나 아
름답고 넓은 세계가 눈앞에 펼쳐져 있었다.

날아갈 듯이 천황봉에 올랐다. 천지사방이 산으로 다 내려다 보였
다. 조금 내려가다 점심을 먹고 또 억새밭 길을 걸었다. 햇빛에 비친
억새꽃은 눈이 부셨다.

층층 폭포가 무지개 빛을 띠면서 내리쳤다. 이렇게 높은 폭포는 처
음 보았다. 이제 마을이 가까워졌구나 생각했는데 거기서도 한참을
걸었다. 아마 두 시간은 걸린 것 같다. 표충사에 도착했으나 5시가 넘
어 문을 닫아 입장하지 못하고 돌아왔다.

오늘은 너무나 좋은 산을 보았고 걷기도 많이 걸었다. 그러나 하나
도 피곤한 기색 없이 즐겁게 '가을' 노래를 부르며 왔다.

(1994. 10. 27)

재약산

어렵게 오른 산
아무 생각이 없다

눈 아래 펼쳐진
수 백 만 개 억새꽃
햇빛에 반사되어 눈에 박힌다

곳곳에 핀 들국화 온 몸에 두르고
푸른 바람에
흔들리는 나의 시간
잠시 그 자리에 멈추어 섰다.

하늘과 풀잎 그리고
바람을 꼬옥 안고 돌아오는 길
그 길은 나의 길이었다.

구름 속에 있는 : 운악산(雲岳山)

"어머 저 바위 좀 봐" 나도 모르게

중부고속도로를 타고 구리-광능-OB베어스 있는 쪽-현등사로
갔다.

현등사 가기 전 등산로로 진입하여 산행을 했다. 날씨가 몹시 흐려
앞이 잘 보이지 않아 조금은 아쉬웠다. 빗방울이 좀 떨어지는가 하면
잔뜩 안개가 끼여 10미터 정도밖에는 보이지 않아 비가 안 오면 다행
이다 싶었다.

한참을 올라가다가 힘든 오르막길에서 뒤를 보니, 하얀 구름 속에
서 큰 물체가 하늘로 뻗어있었다. 자세히 보니 바위가 하늘로 치솟아
있었다. "어머 저 바위 좀 봐" 나도 모르게 소리쳤다. 그런데 아무도

그 바위를 보지 못했다. 위험한 능선을 오르려니 뒤를 돌아볼 겨를이 없이 앞만 보고 가느라 미처 볼 수 없었던 것이다. 그곳이 이 근방에서 제일 전망이 좋은 곳이라고 그 고장 사람이 말했다.

줄을 타고 오르는 길은 아주 난코스였다. 땅은 얼었고 비탈길에다 낭떠러지가 있어 간신히 통과하고 나면 또 난코스가 기다리고 있었다. 앞이 안 보여 더욱 답답하였다. 신입회원들은 얼마나 당황될까 싶어 도와주며 올랐다.

해발 935.5미터의 정상에 오르니 구름 속에 묻혀 한 치 앞도 보이지 않았고 매우 추웠다. 거기서 웅크리고 앉아 점심을 먹고 내려오기 시작했다. 길을 잘못 들어 두 번이나 오르락 내리락 했다. 겨우 남쪽으로 내려 가다가 다시 우측으로 내려가니 감이 잡혔다. 한참을 내려가니 대원사와 길원 목장이 보였다. 날씨가 좋은 날 다시 한번 찾아가고 싶은 산이었다.

오늘도 또 다른 매력을 지닌 산, 이름 그대로 구름이 많고 험한 운악산을 탔다. 또한 많이 걷고 보고 지리 공부도 했다. 혼자서도 찾아갈 것 같은 자신감도 생겨 즐거웠다.

(1994. 11. 20)

결혼 25주년에 남편과 : 남해
금산 · 가야산 · 내장산

오늘은 금산, 내일은 가야산, 모레는 내장산 계획을 세우고

이제 산에 다닌 지도 3년. 일주일에 보통 2번씩은 다녔으니 전국의 산을 꽤 많이 다닌 편이다.

산에 미치다시피 일주일에 두 번씩은 갔다와야만 살림을 반짝반짝하게 잘 하는 여자가 결혼 25주년 핑계로 남편을 부추겨 둘이서는 처음으로 3박 4일 간의 휴가를 얻어 여행길에 나섰다. 여행이라기보다는 그 동안 시간이 없어 가고 싶었던 산을 못 가 아쉬워했는데 이번에 실컷 명산을 찾아 등산하자는 심산이었다.

등산 장비 일체를 차에 싣고 홀가분한 마음으로 집을 나섰다. 오늘은 전남 남해 끝에 있는 금산, 내일은 가야산, 모레는 내장산. 계획을

결혼기념으로 남편과 함께

세우고 하얀 함박눈이 펑펑 쏟아지는 호남고속도로로 진입했다. 차창 밖에 스치는 앙상한 나뭇가지들도 손을 흔들어 보이며 모처럼 나들이 나온 우리를 축복해 주었다. 그 동안 전국에 있는 모든 산을 찾아 등산하였으니 내가 알고 있는 지식과 운전 솜씨를 힘껏 발휘해서 그이를 기쁘게 해 주리라 마음먹었다.

어느덧 광주를 지나고 남해고속도로를 달렸다. 섬진강 휴게소에서 간단하게 점심을 먹고 남해로 나가 1시간을 더 달려 금산에 다다랐다. 먼저 우리가 묵어야 할 호텔을 찾았다. 그러나 호텔은 없고 산장만이 우릴 기다렸다. 남편은 금세 얼굴이 붉그락푸르락 하더니 "호텔이 있다며 그런 것도 모르고 왔어?" 화가 난 목소리로 말했다. 나는 "산장이면 어때요, 너무 좋구만. 언제부터 호텔을 다녔다고……." 나도 순간 화가 나서 말을 되받았다. 잘 모르는 길 다섯 시간을 눈비 속에 운전하고 온 아내에게 기껏 수고했다는 말은 고사하고 핀잔을 하는 남편이 너무 야속해서 눈물이 핑 돌았다. 오랜만에 부부가 여행을 가면 집에 돌아올 때는 각각 들어가는 사람들이 있다더니 내가 그 꼴이 되는 것은 아닌지……. 남편은 갑자기 "산장으로 갑시다!" 하고는 앞장서서 짐을 들고 산장 안으로 들어갔다.

갖고 간 짐을 풀고 밖으로 나와서 차를 타고 상주해수욕장이 있는 바닷가로 갔다. 조금 전의 서운했던 마음이 남아 혼자 바닷가 모래 위를 걸으면서 끝없는 수평선을 바라보며 숨을 크게 들이쉬며 답답했던 가슴을 토해냈다. 그이는 한발 뒤에서 따라오다가 어느새 내 곁으로 와서는 멋적게 팔짱을 끼며 "미안해! 나는 당신을 제일 좋은 호텔로 데려가고 싶었어." 하고 말했다. 나는 남편이 말을 하기 전 그 마음을 너무 잘 알고 있기에 화가 풀어져 있었고 모처럼 여행 온 남편을 실망시킨 점 때문에 잠시 마음이 아팠다.

나는 금세 영화 속의 주인공이 되어 남편의 팔짱을 끼고 속삭이며 바닷가를 거닐었다. 결혼한 지 25년이란 세월이 흘렀건만 이렇게 둘이서 오붓하게 여행하기는 처음이니 감회가 새로웠다.

12월 15일 둘째 날

이튿날 아침 8시 30분. 계획했던 대로 산행은 시작되었다. 밥을 지어 도시락을 싸 가지고 금산을 향하여 출발했다. 이른 시각이어서 인지 우리 둘 뿐 아무도 없었다. 우리의 도란대는 소리와 돌맹이 밟는 발자국 소리에 놀란 새들이 푸다닥 거리며 날아갈 때 우리가 깜짝 놀랐다. 모처럼 도심을 벗어나 한적하고 한가로운 길을 걸으니 그이도 즐거운 기색이었다.

암석과 암봉으로 된 산, 여기저기 매끄럽게 깎아 세운 듯한 바위, 둥글넓적 바위, 남편은 신기한 듯 나를 이리저리 세워놓고 사진을 찍었다.

봉화대처럼 돌로 쌓아올린 정상에 올라섰다. 쫙 펼쳐진 남해가 희뿌옇게 아침을 맞는다. 상쾌한 기분이다. 어제 거닐었던 상주해수욕장의 하얀 백사장과 짙푸른 해송들이 아름답게 보인다. 물 속에 떠 있는 작은 섬들, 먼 바다로 나가는 어선들, 그이는 이 아름다운 풍경들을 놓칠세라 모두 카메라에 담았다. 아름다운 선경 속에 자리한 보리암과 부처님 사리탑에 가보았고 12시에 산에서 내려왔다.

곧바로 지도를 보며 해인사로 향했다. 남해, 구마, 88고속도로를 번갈아 달려 해인사 여관촌에 도착하였다. 조금은 지쳐있는 터에 우릴 안내하는 사람이 있어 따라가니 방이 깨끗하고 전망이 좋아 잘 쉬었다.

12월 16일 셋째 날

아침 8시. 비상식품과 따뜻한 물을 보온병에 넣고 아득하게 멀어 보이는 가야산 정상을 바라보며 산행은 시작됐다. 잣나무가 많아 더러는 잣송이가 떨어져 있었다. 1시간쯤 가니 온 산에 눈이 하얗게 쌓였다. 어제는 남쪽이라서 포근했는데 오늘은 춥고 바람도 차가웠다.

정상이겠지 하고 오르면 또 큰산이 눈앞에 있고 갈수록 태산이라더니, 이 산을 두고 한 말이었다. 얼마나 지났을까 막다른 고개에 올라서니 산 전체가 웅장한 큰 바위산이었다. 마치 하늘을 찌를 듯이 치솟아 있어 무척 강렬하게 보였다. 어쩌면 그렇게 얼마 전에 오른 매화산과 마주보며 조화를 이루었을까. 매화산은 올망졸망 바위들이 아름답게 모여 꽃이 핀 듯 유순한 여자 산이고, 가야산은 강하고 장엄하게 버티어 있는 폼이 남자 산으로 표현하면 어떨까. 미끄러운 눈길을 어렵게 올라 마지막 사다리를 타고 드디어 정상에 올랐다.

이 높은 산 위에 우리 둘만이 서서 온 대지를 내려다보았다. 어느 때보다 감회가 새롭다. 그런데 바람이 너무 세차게 불어 무척 추웠다. 그이가 입은 얇은 방수복의 내부가 꽁꽁

남해 금산에서 필자 남편의 모습

얼어 더그락댔다. 주위는 너무 조용하고 시커멓게 하늘만 보고 서 있는 바위와 길도 보이지 않는 하얀 눈뿐이었다. 나는 조금은 겁이 나서 하산 길을 서둘렀다. 헬리콥터가 우리 위를 몇 번이나 맴돌며 우리를 주시하는 것 같아 안심은 되었다.

잠시 후 아래쪽에서 등산객 5~6명이 올라오고 있는 것이 보였다. 무척 반가웠다. 금세 무서웠던 마음이 없어지며 온몸의 추위도 풀렸다. 1시경 해인사에 거의 다 왔을 무렵, 그때서야 등산객들이 줄을 이어 오르고 있었다.

2시에 내장산을 향해 출발했다. 88고속도로로 진입해 한적하고 깊은 산 속을 한없이 달렸다. 영남, 호남, 남해 일대의 고속도로를 누비며 주변의 경치를 감상하는 드라이브의 즐거움도 매우 컸다.

어느덧 남원-순창, 산중이라서인지 4시 30분인데 벌써 어둑어둑해졌다. 갈 길이 바빴다. 쉴 겨를도 없이 이정표를 보며 달렸다. 캄캄한

밤 꼬불꼬불한 내장산 뒷길의 내리막이 꽁꽁 얼어 운전하는데 힘들어서 진땀을 뺐다.

목적지인 내장산에 도착하여 쉴 곳을 찾았다. 겉으로 보아도 깨끗하고 우아한 한옥으로 들어갔다. 저녁식사는 어느 곳보다 식탁이 풍성했고 맛도 좋았다. 경상도 음식보다는 전라도 음식이 우리 입맛에 꼭 맞았다.

내가 좋아하는 일이라서 인지 5시간 넘게 산행하고 4시간을 운전하였으나 별로 피로한 줄 모르고 행복하기만 하였다.

12월 17일 마지막 날

아침 9시. 내장산에도 눈이 많이 쌓여 등산은 조금만 하기로 하고 일주문까지 걸어가서 케이블카로 산에 올라갔다. 거기서부터 30분 정도 산에 올라갔다가 눈이 많이 쌓이고 길도 나지 않아 위험해서 포기하고 전망대로 내려왔다. 전망대에서 보는 내장산은 뺑 둘러 7개의 봉우리가 병풍을 쳐놓은 듯 아름답기만 하여 오늘은 일곱 봉의 산을 감상하는 것으로 끝맺음을 하기로 했다.

3박 4일간의 짧은 일정에 홍길동처럼 동서를 가로지르며 여행과 등산을 한꺼번에 무리 없이 끝냈다. 첫날의 트러블로 남편과의 정은 더욱 깊어졌고 알차고 보람있는 시간들이었다. 이런 것들이 행복이란 것이겠지 하고 느끼며 집으로 돌아왔다.

(1994. 12. 14~17)

산은 내 마음의 고향

산은 내가 자란 고향이었다

늠름하고 인자한 아버지가 계셨고
치마폭으로 포근히 감싸주는 어머니가 계셨다

산을 시샘하며 나도 보아달라고 춤 추는 흰구름
험한 세상 끈기 하나로 버티고 자란 못난이 나무들
거칠고 사나워 보이지만 순하디 순한 덩치가 큰 바위들
모두가 내 친구들이었다

산은 언제 찾아가도 내 고향이었다.

말레이지아 보로네오 섬으로: 키나바루산

쌀밥은 찰기가 없었고 고기는 향이 진했다

3월 3일 새벽

드디어 기다리던 외국 여행을 시작하였다. 대전에서 6시에 출발, 김포공항에 도착해서 출국 수속을 끝내고 공항 면세점에 들어가 우리나라에서는 무엇을 팔고 있는지 구경했다. '물건값이 싸진 않구나' 생각하며 12시 20분 말레이지아 비행기에 탑승했다. 약간 흐린 날씨인데 구름 위로 올라가니 화창한 봄날, 너무나 파란 하늘에 햇빛이 맑았다.

말레이지아에 도착하면 날씨도 사람도 확 달라져 말 그대로 다른 나라, 다른 세상이 되겠지 하고 생각했다. 기내에는 피부색이 까무잡

잡한 말레이지아 스튜어디스들이 서비스를 하는데 얼굴이 검고 키가 작았지만 볼수록 귀여웠고 예뻤다. 기내 식사부터 달랐다. 쌀밥은 찰기가 없이 껄껄하고 냄새나는 알래미쌀, 고기는 향기가 진해서 좀 거북했지만 그런 대로 먹을 만 해서 나는 다 먹었다. 이번이 두 번째 외국 여행이어서인지 마음도 편하고 여유가 있어 영화 감상도 하고 음악도 들으며 지루함 없이 말레이지아 보로네오 공항에 도착하였다.

대기하고 있던 전용버스로 코타키나바루산에 가기 위해 출발을 하였다. 창 밖에는 열대 식물들이 가로수를 이루고 있었고 방죽 위에는 주민들이 살고 있는 것 같은 원두막에 빨래가 널려 있었다. 또한 창문도 없는 아파트 베란다에도 빨래가 지저분하게 널려 있어 피난민들이 임시로 먹고살기 위해 생활하는 모습처럼 보였다. 게다가 현지 가이드 이야기로는 원두막 같은 곳에서 화장실도 없이 그냥 밑에다 실례를 하면 물이 들쭉날쭉 해결을 한다고 했다. 길가에는 많은 애들이 눈에 뜨였다. 맨 발로 숲 속 나무 밑에서 뛰어다니며 노는데 다치지 않을까 걱정이 앞섰다.

그렇게 맑던 하늘에 금방 먹구름이 몰려오더니 비가 내렸다. 이곳은 오후 4~5시가 되면 매일 이렇게 비가 온다고 한다. "내일 아침이면 날씨가 맑으니 걱정할 것 없습니다" 가이드의 말이었다. 그렇게 2시간 동안 산 속을 달리다 보니 어둠이 짙게 깔렸다. 가로등도 없는 거리, 시커먼 산이 높고 웅장하게 보였다.

캄캄한 초저녁, 경치 좋고 운치 있게 잘 지어 놓은 호텔산장에 도착했다. 우린 거기서 짐을 풀고 저녁식사를 하였다. 3인 1실로 편안하게 밤을 지내고 예정된 시간표대로 행동하였다.

4일 아침

일찍 전용버스를 타고 관리사무소로 가서 입산 신고를 하였다. 짐들은 모두 포터(짐꾼)에게 맡기고 가벼운 배낭을 메고 관리소 차로 발전소까지 이동하였다. 거기서부터 산행이 시작되었다.

처음부터 가파른 나무 계단이 시작되었다. 산은 온통 열대식물로 덮여 있었는데 우리 나라에서는 고가로 팔고 사는 관음주, 난, 고무나무 등이 모두 이 산에 깔려 있었다. 숲이 다습해서 큰 나무 껍데기에 난과 식물들이 붙어살았다.

그런데 얼마 가지 않아서 힘이 빠지고 눈이 어질어질해 속으로 격정을 하며 심호흡을 하면서 내 원위치를 찾으려 애썼다. 배낭을 첫 번째 산장에 가기 전에 남한테 맡겼다. 8번째 산장이 우리가 잠을 잘 곳이며 5번째가 점심을 먹을 곳이라는데 길은 대체로 잘 나 있어서 위험하거나 난코스는 없었다. 3번째 산장에 가서는 포기했으면 싶었다. 도저히 이럴 수도 저럴 수도 없는 진퇴양난이었다. 하지만 올라가야만 했다. 짐을 포터에게 맡기고 빈 몸으로도 오르기가 힘이 들었다. 점심을 먹으면 소화가 안 될까봐 한 수저만 물에 말아먹었다. 좀 괜찮을까 싶어 앞장서서 갔지만 두 발짝만 뛰면 팔다리의 힘이 쭉 빠지고 눈이 빙빙 돌고 어쩔 수가 없었다. 나 때문에 일행은 빨리 못 가고 쉬고 계속 쉬었지만 미안해도 어떻게 할 방법이 없었다. 해발 3,300미터에 있는 마지막 산장에 도착하기 전 혼자 떨어진 나는 그만 엎어지고 말았다. 저 곳만 올라가면 푹 쉴 수 있다. 어떻게 하든 저 곳에 가야 한다. 가슴이 울렁대고 발이 안 떨어져 네 발로 기어올랐다. 그래도 산장에 거의 다가가니 이젠 살았다 싶어 기뻤다. 산장에 들어가기 전에 모두 토해버리고 말았다. 저녁 내내 잠은 못 잤지만 어렵게 산을 오르지 않아 살 것만 같았다.

정상 팻말에 푹 쓰러져 엉엉 울었다

새벽에 일어나 보니 어지럼증이 없어지고 몸이 좀 괜찮았다. 어제 너무나 고생해서 오늘은 좀 어떨까 걱정은 되었지만 일본에서의 경험으로 보아 이만하면 정상에 오를 수 있을 것 같아 자신이 생겼다. 새벽 간식과 아침은 먹을 생각도 못하고 앞장을 서서 오늘은 남들한테 피해를 주지 않으려고 맨 앞에 섰는데 올라가는 속도가 자꾸만 떨어졌다. 왠지 귀가 시리더니 다리에 힘이 빠지기 시작하고 졸음이 오면서 또 어제의 증상이 나타났다. 하지만 '이대로 포기할 수 없다. 어떻게 하든 정상에 가야 한다.'는 집념으로 한발 두발 옮겼다.

해돋이 시간이 되었건만 도저히 발이 쉽게 옮겨지질 않았다. 정상은 저 앞에 보이는데 너무나 멀게만 느껴졌다. 오른팔도 저려 오고 막다른 오르막길에서는 또 기어서 올라갔다.

20여 미터도 안 남았는데 도저히 한 발짝도 움직일 수가 없다. 보다 못한 가이드가 나를 끌고 올라가 정상에 설 수 있었다. 그 순간 나도 모르게 눈물이 팽 돌았다. 해발 4,101미터의 정상 팻말 앞에서 쓰러지고 엎어져 엉엉 울었다. 이틀 동안 너무나 힘들게 산에 오르니 기쁜 마음이 복받쳐 울음이 터졌던 것이다. 빨리 사진 찍고 내려가자는 말에 눈물을 닦고 정신을 차렸다. 동남아시아 최고봉인 4,101미터 정상에 어렵게 올라 기념 사진을 찍었다.

말레이지아 키나바루산 (해발4,101m)

정상에서 바라본 산은 어마어마하게 큰 시커먼 암봉이었고 넓다란 암반과 뾰족하고 기묘한 형상도 있었다. 산너머에는 수 천 미터의 낭떠러지가 있어 아찔하고 간담이 서늘하였다. 아침해와 구름은 비행기에서 내려다 본 것처럼 한데 어우러져 아름다웠다.

하산은 자신이 있었다. 나는 매어 논 줄을 잡고 뛰기 시작했다. 그런데 그렇게 뛰어내려 온 게 잘못이었다. 얼마 안 가서 또 속이 매스껍기 시작하더니 머리가 아파 금방 주저앉고 말았다. 어떻게라도 빨리 이곳을 탈피해야 했다. 자꾸자꾸 토악질만 하고 노란 물까지 다 토하고 더 이상 나올 것이 없는지 헛구역질만 나왔다. 길을 걸으면서도 눈이 감겼다. 다른 회원들도 얼굴이 창백하고 회장님도 약간 증상이 온 것 같았다.

그렇게 어렵게 우리가 잠을 잤던 산장까지 내려왔다. 점심밥을 주는데 난 눕고만 싶어 산장 숙소로 가서 눈을 감고 쉬었더니 점점 좋아졌다. 새벽 3시가 못 되어 출발해서 정상에 갔다오는데 8시간이나 걸린 셈이다. 아직도 3,300미터 고지에 우리가 있으니 아직도 하산 길은 까마득하다. 하지만 고소증만 없어진다면 얼마든지 걸을 수 있을 것 같았다.

나는 점점 호전되었지만 회장님과 다른 회원들이 걱정이 되었다. 천천히 걷기 시작하였다. 다행이 증세는 점점 괜찮아져서 관리사무소까지 아무 일 없이 잘 도착하였다. 내가 고소증이 심하다는 것을 금방 느낄 수 있었다.

정말 이번 산행은 완전히 고생길이었다. 평생 처음으로 그런 고통과 기쁨을 한꺼번에 겪은 산행이었다. 몸이 정상으로 돌아왔으니 이젠 살 것 같았다. 우리가 묵어야 할 하얏트호텔까지 2시간 정도 걸렸는데 차 속에서 나는 그 동안의 피로가 한꺼번에 풀리는지 잠이 쏟아졌다.

모두들 수고했다고 비싼 중국음식으로 저녁을 차려주었는데 모두들 느끼해서 먹지 못했다. 그러나 나는 이틀을 굶은지라 그런 대로 맛있게 먹었다. 호텔은 대체로 깨끗하여 오랜만에 푹 잘 잤다.

6일 아침

모든 피로가 싹 풀렸다. 오늘은 사피섬에 가서 배도 타고 수영도 하고 점심도 그곳에서 먹는다. 조그만 조각배에 8명이 타고 사피섬에 도착하니 야자수가 있고 고기떼가 우리를 반겨주었다. 여기저기에 고기떼들이 사방에 깔려서 몰려다녔다. 우리 나라 같으면 즉석에서 모두 잡아 초고추장을 찍어서 먹을 텐데 하는 생각이 들었다. 몇 시간을 물 속에 들어가 어린애들처럼 사진도 찍고 모래찜질도 하고 산호초도 주웠다. 점심 때는 새우찜과 불고기, 그리고 신선한 야채와 과일 등을 아주 맛있게 먹었다.

호텔로 돌아와 그 곳에서 가장 크다는 백화점에 가서 쇼핑을 했다. 살만한 물건이 없어 자질구레한 악세사리만 몇 개 사 가지고 왔다.

다음날 7일

회교사원, 시그널 언덕, 박물관을 둘러보고, 1시 30분 비행기로 서울에 도착하니 7시 30분이었다. 대전에 도착하니 11시 30분. 훈이가 나와서 회장님과 정운분 씨 집에 모셔다 주고 집에 오니 남편과 아이들이 반겨주었다.

너무나 어려웠기에 값진 여행이었고 또한 화젯거리와 추억이 많이 남았다. 집까지 무사히 와서 다행이었다. 어려웠던 산행은 벌써 잊혀지고 지금은 무척 재미있었던 생각만 난다.

말레이지아 국립공원에서는 3,300미터 산장에서 정상(4,101미터)에 갔다 온 사람들에게 등반 기념으로 증표를 주었다. 증표에는 국명과 산 이름, 높이, 몇 번째로 왔나하는 것이 표시되어 있다. 나는 110,953번째로 정상에 선 것으로 되어 있다.

(1995. 3. 3~8)

짧은 일정에 관광 겸 산행 : 울릉도 성인봉

바다의 경치에 감탄사만 연발

1박 2일 간의 짧은 일정으로 관광 겸 성인봉 등산을 하기 위해 울릉도로 떠났다.

울릉도에 도착하니 오후 2시 30분. 등산하기에는 시간이 너무 촉박해서 내일로 연기하고 오늘은 유람선을 타고 섬을 한 바퀴 돌며 관광하기로 했다.

날씨가 좋아서 우리는 축복 받은 사람들이라 자축하며 유람선을 타고 파노라마같이 펼쳐지는 기암괴석과 바위 꼭대기와 틈새에 자생하고 있는 작품 같은 나무들을 보며 입을 다물지 못했다. 북저바위, 독대암, 구멍바위, 용굴, 촛대바위 등등…… 푸른 바다 속에 우뚝우뚝 솟아 있어 신비스럽고 아름다워 감탄사를 연발하며 아낌없는 찬사를 보냈다.

울릉도 성인봉에서

유람을 끝내고 돌아온 호텔은 깊은 산 속에 별장처럼 있으면서도 깨끗하고 조용해서 더욱 좋았다.

이튿날 아침 8시.

호텔 바로 뒷길로 해서 해발 986미터인 성인봉으로 향했다. 어젯밤에 이슬비가 내렸는지 풀잎에 맺힌 가녀린 이슬방울이 등산화와 바지가랑이를 살짝 적셨다. 연녹색 지대로 들어가니 여기저기 산나물이 쫙 깔려 있고 싱그러운 오월의 풀 냄새는 코끝에 와 닿더니 심장까지 파고들었다. 무공해 지역인 자연 속에서 신선한 공기는 보약이라 생각되어 깊은 호흡으로 숨을 몰아쉬기까지 했다. 그런데 아무리 좋아도 산을 오른다는 것은 쉬운 일이 아니었다. 오르고 올랐지만 쉽사리 정상은 보이지 않았고 땀은 비오듯 온몸에 흘렀다. 그렇게 헉헉대며 3시간을 올라가서야 정상에 닿았다.

시원한 바람이 우리를 반겼다. 삥 둘러 바다는 섬 하나 없는 수평선을 이루었고 바다 끝은 하늘과 맞닿아 있었다. 울릉도에서도 가장 높은 성인봉 정상에 올라섰으니 한 눈으로 울릉도와 바다를 감상할 수 있었고 어렵게 올라가서인지 어느 때보다 기뻤고 감격의 시간도 길었다. 그러나 갈 길이 바쁜 우리는 그곳에 더 오래 머무를 수 없었다. 3시 배를 타야 하기 때문에 서둘러 하산하여 맛있기로 알려진 오징어, 호박엿, 취나물 등을 모두 사 가지고 배에 올랐다.

폭풍 속에서

울릉도에서 돌아오는 길은 매우 험하고 꿈 같은 고난의 길이었다. 처음 매표소에서부터 바람이 불어 배가 뜰까말까 망설이는 기색이더니 괜찮다는 판단을 내렸는지 배는 출렁거리는 파도 속으로 출항했다.

바닷가를 벗어나 10분 정도나 갔을까. 덜커덩 하고 심한 충격이 오더니 배가 몇 미터나 점프했다. 모두들 깜짝 놀라 사방을 둘러보니 창밖에는 집채만한 파도가 무섭게 밀려오며 배를 삼켜버릴 듯 사납게 덤벼들었다. 마치 굶주린 늑대가 울 안에 갇힌 먹이를 보고 금방 집어삼킬 듯이 이리 뛰고 저리 뛰는 모습 같았다.

바다는 점점 더 사납게 폭풍으로 변하여 세차게 배를 공격하며 유리창을 때렸다. 몸 안의 오장육부가 다 떨어져 나갈 듯했고 한쪽에 정리해 놓은 배낭들도 사방으로 흩어져 보이지도 않았다. 심상치 않음을 짐작한 듯 일행은 말을 잇지 못하고 의자 받침대를 꼭 잡고 있는데 승무원들이 와서 뒷자리로 가면 충격이 덜 하다고 말했다. 모두들 엉금엉금 기어가며 뒤로 가보니 사람들은 이미 배 바닥에 엎어져 누워 있고 배 멀미에, 파도에 곤욕을 치르고 있었다.

이렇게 몇 시간을 어떻게 가나? 걱정을 하고 있는데 거기에 설상가상으로 5시 30분쯤부터는 배가 고장이 나서 느린 속도로 파도를 타며

항해하였다.

날은 점점 어두워져서 캄캄해지고 라디오에서는 그때야 폭풍주의보가 내렸다는 멘트가 흘러나왔다. 더 이상 큰배가 없어 구조할 방법도 전혀 없다며 잠수복을 입으라는 배 안의 안내방송이 울려 퍼지자 모두들 침묵으로 빠져들었다.

텔레비전에서나 나오는 사고가 드디어 내게도 닥쳤구나! 이 칠흑 같은 밤 헬리콥터가 온다한들 구조할 방법이 있겠는가. 저 시퍼런 바닷물에 빠지면 영영 고기밥이 되겠지. 그렇게 되면 내일 조간신문에 대문짝 만하게 나오겠지. 아직 준비가 되지 않았는데, 아직 할 일도 많은데…….

나는 배낭을 찾았다. 어디에 처박혀 있는지 의자 밑을 샅샅이 찾아보았다. 겨우 찾아서 방수복을 꺼내어 입고 끈을 다 묶었다. 내일 아침 날이 밝으면 시체라도 빨리 찾을 수 있게 빨간 방수복을 입었다.

그리고 나에게 주어진 운명이라면 어쩔 수 없이 빨리 받아들이자 하고 눈을 감았다. 각자의 종교를 찾아 기도하는지 배 안은 조용하다 못해 고요했고 유리창을 덮치는 파도 소리뿐이었다. 아이들과 남편의 얼굴이 번갈아 떠올랐다. 그러다가는 지난날의 아름답던 추억 속에 깊이 빠져 현실을 까맣게 잊기도 했다.

그렇게 오랜 시간을 보내고 몇 시쯤 되었나 눈을 떠보니 멀지 않은 곳에 불빛이 빤짝빤짝 보였다. 아! 육지의 불빛이다 이제 살았구나. 나는 작은 소리로 "어머 저기 불빛이 보여요!" 그때야 침묵을 깨고 여기저기서 두런두런 말문이 열렸다. 모두 안도의 숨을 내 쉬며 길고 긴 악몽에서 깨어났다.

정확히 8시간 30분이나 걸려 후포항에 도착하였다.

해운 항만청에서 도시락을 주며 집까지 데려다 준다 어쩐다 서비스를 하지만 우린 곧장 대기해 놓은 관광버스로 대전을 향해 출발하였다. 이젠 다시는 배를 타지 않으리라 결심하며 대전에 도착하니 새벽 5시였다. 남편과 아이들은 아무 영문도 모른 채 나를 맞아주었다.

사람은 모든 것을 포기하고 마음을 비웠을 때 평안하고 행복해진다는 것을 실감한 여행이었다.

(1995. 5. 8~9)

폭풍 속에서

육지와 아득하게 멀어진 시간

파도가 친다. 덜크덩 덜크덩
사나운 물살에 격동하는 소리와 함께
내 몸의 오장육부도 같이 쿵쿵 뛴다
폭풍주의보가 내렸다. 배가 고장이 났다
승무원들의 새파래진 얼굴, 발 빠른 움직임
잠수복 입으라는 안내방송은
선실을 싸늘하게 만들었다
앞으로 여섯 시간 후,
자정에나 도착한다는 승무원의 말
배 안은 무서운 침묵이 흐르고
유리창에 부딪히는 파도 소리뿐
넘실대던 파도는 때때로 사납게
괴성을 지르며, 입을 크게 벌리고
나를 삼켜버릴 듯이 유리창을 두드렸다
이대로 몇 시간, 빨리 흐르거라
허무러지는 욕망과 기대, 세상의 모든 것들
저 검푸른 파도 위에 던지자
두려움도 급할 것도 없는 그
파도 속으로 이미
당신과 아이들이 웃으며 찾아 들었다.

아기자기하면서도 만만치 않은 : 도봉산

가슴을 활짝 열고 세상 근심 걱정 쏟아내고

도봉산은 북한산으로 이어지고 산세는 웅장하며 기괴한 암석과 깎아지른 듯한 자운봉이 신비스럽기만 하였다. 도봉산장, 관음암 쪽으로 올라가는데, 초여름 날씨가 무척 더워 힘이 들었다. 정상까지 숲을 이루어 그늘 속을 걷지만 매우 가파른 길이라서 땀을 많이 흘렸다. 간간이 불어오는 선선한 바람이 무척 고마웠다.

정상에는 큰 암봉과 하늘로 솟은 자운봉이 우뚝 서 있었다. 암벽타는 등반인들이 로프를 타고 자운봉을 오르락내리락 하는데 보기에도 아찔아찔했다. 나는 눈을 돌려 해발 739.5미터의 정상을 향하여 조심스럽게 기어올라가 가슴을 활짝 열고 세상 근심 걱정 쏟아내고 행복을 한아름 담았다. 서울 시내가 한 눈에 다 보이고 의정부, 양주, 파주도 보였다. 우리가 갈 능선에는 철사다리가 여기저기 놓여 있어 매우 재미있어 보였다. 그러나 능선길에 접어드니 몇 군데 난코스가 있어 두 팔에 온 힘을 써야만 했다. 그렇지만 그곳을 통과하고 나니 스릴이 있어 재미있었고 해냈다는 자신감이 가슴을 뿌듯하게 했다. '도봉산은 날카롭고 아기자기하여 재미있으면서 만만치가 않구나'하는 생각이 들었다.

하산 길은 처음부터 가파른 내리막길이어서 무척 조심스러웠다. 한참 내려오니 절터인 듯한 넓은 터가 있었고 마당바위가 있었다. 거기서 오른쪽 좁은 길로 들어서 내려오면 계곡 길과 합류되고 계속 더 내려오니 올라갈 때의 큰 갈림길이 나왔다.

오늘은 재미도 있었지만 어려운 산행이기도 했다.

(1995. 8. 29)

오봉산에서 소양강으로 : 오봉산

가슴까지 시원하게 어우러진 소양호와 오봉산

춘천에서 30분 정도 꼬불꼬불 백후령 고개로 가다가 오음리 고개에
서 바른쪽 산으로 붙었다. 그때가 11시 40분이었다.

처음부터 가파른 길로 시작하다 한참을 올라가니 다섯 개 산중에
한 개의 봉우리를 넘어 두 번째의 봉우리가 바로 해발 779미터인 오
봉산 정상이었다. 정상에 오르니 숲으로 둘러싸여 조망은 보이지 않
고 그저 「오봉산」이라 쓰여진 자그마한 푯말만 세워져 있었다.

능선 길로 조금 내려오니 해발 688미터 지대에 넓은 바위가 있어
잠깐 쉬며 점심을 먹었다. 하산 길은 암봉과 암벽으로 매우 험해 직선
으로 된 사다리와 줄을 타고 내려가야 했다. 그런 곳이 여러 군데 있
어 아차 실수라도 할까봐 조금은 겁이 났다. 나는 맨 앞에서 회원들이

잘 따라오도록 조심조심 내려가며 도와주었다. 지금까지 다녀 본 산 중에서 제일 험준한 산으로 생각되었다.

내려와 보니 청평사란 절이 있고 구성폭포가 시원하게 쏟아지니 조금 전까지 졸여 왔던 가슴은 어느새 폭포수처럼 시원하고 맑아졌다. 유원지라서 가족과 연인들이 놀러와 계곡에서 수영도 하고 음식도 먹으며 즐기고 있었다. 바로 저 아래에는 깊은 산중에 소양호가 산과 어우러져 풍경이 시원하고 아름다웠다.

선착장에서 4시 배를 타고 산수가 수려한 소양호 주변을 돌아보았다. 만수가 된 소양강엔 산들이 조용히 잠겨 있었다. 집으로 돌아오는 길에 춘천막국수를 먹었다.

오늘은 산도 보고, 배도 타고, 막국수도 먹고, 등산과 관광을 겸한 참으로 즐거운 하루였다.

(1995. 7. 27)

아기자기하며 아슬아슬한 : 팔영산

붙잡을 것은 나약한 풀잎, 아슬아슬한 절벽 길

팔영산 관리소 직원이 우리를 막는다. "나이 많은 여자들이 어떻게 이렇게 험한 산을 갈 수 있느냐"면서 미리 겁을 준다.

하지만 우리는 그 동안 쌓은 경험으로 보아 충분히 갈 수 있다는 자신감으로 보내만 달라고 통사정하여 겨우 가게 되었다.

난 그 동안 몸이 아파 쉬었던 터라 약간은 내 몸이 의심스러웠다. 하지만 정신을 바짝 차리고 가면 되겠지 하고 생각했다. 그런데 오르고 보니 험하다기보다는 재미가 있었다. 1·2·3봉까지는 좁은 길에다 날카로운 암봉이라서 나무는 없고 큰 풀뿌리를 붙잡고 매달리며 아슬아슬하게 올랐다. 그러나 4·5·6봉은 짧은 코스로 재미있었다.

7봉에 도착한 후 점심을 먹고 8봉까지 모두 다 탔다.

팔영산 8봉중 7봉에서

    하산 길은 넓은 길로 오니 쉽고 빨랐다. 우리 모두가 관리소에 도
착하니 그곳 사람들이 대단하다면서 우리를 맞아 주었다.
    아래에서 보아도 뾰족뾰족한 여덟 봉이 병풍처럼 펼쳐있어 등산하
기에 재미있어 보였는데 가서 보니 더더욱 재미있는 산, 정말 매력있
는 산이었다.

(1995. 8. 31)

설악산 공룡능선 : 설악산·2

캄캄한 계곡에서 국을 끓여 밥을 먹는데

설악산에서 산행길이 가장 길고 힘들다는 공룡능선을 찾았다. 설악동으로 가서 양폭 산장에서 하룻밤을 보내게 되었다. 말이 산장이지 움막이었다. 우리 나라 사람들이 최고로 많이 찾는 산이 설악산인데 산장이 그래서야 되겠는가? 하는 생각이 들었다. 우리 회원 45명은 불빛도 없는 캄캄한 움막 속에 누워 있으니 비좁아서 움직이지도 못하고 뜬눈으로 밤을 지샜다.

새벽 2시 30분. 갈 길이 멀어서 일찍 산에 오르기 시작했다. 올라가다가 물이 졸졸 흐르는 캄캄한 계곡에서 싸 갖고 간 아침밥을 계곡물을 떠서 미역국을 끓여먹는데 보이지 않아도 밥은 입으로 잘 넘어간다고 웃으며 먹었다.

회원각 대피소를 지나고 능선에 오르니 뿌옇게 날이 새기 시작하였다. 날이 밝아오며 설악산의 정체가 점점 드러났다. 온 산은 단풍으로 물들었고 뾰쪽 뾰쪽 날카로운 암봉들이 하늘을 보고 서 있었다. 구름 한 점 없는 파란 하늘과 햇볕에 반사된 단풍은 무어라 형용할 수 없이 아름다웠다.

설악산 공룡능선

한 고개 두 고개 넘을 때마다 굴곡이 심하여 힘은 들었지만 새로운 설악산의 면모에 취해 큰 어려움 없이 걸을 수 있었다.

나한봉, 마등령, 금강문을 지나고부터는 다리가 아파서 후진들은 걸음이 느려졌다. 나도 금강굴을 지나고부터는 층층대 길을 도저히 한 발짝도 옮기기가 어려웠다.

너무 힘들어서 아줌마들은 못 간다는 공룡능선을 우리는 해냈다. 큰산을 하루에 몇 봉을 넘으며 힘은 들었지만 장장 13시간이란 오랜 시간을 걷고 나니 내 자신이 대견스럽고 모든 것에 자신이 생겨 큰 보람을 얻었다.

(1995. 9. 28~29)

노인봉에서 소금강으로 : 노인봉

용의 모습으로 하얗게 굽이치는 폭포수

오대산 월정사 쪽으로 가서 소금강 가는 길로 갔다. 진고개 길에서 오른쪽 노인봉 가는 길로 한참을 올라가니 해발 1,338미터인 노인봉 정상이 나왔다. 화강암 봉우리로 우뚝 솟은 정상. 멀리 보면 백발노인 같다 하여 노인봉이라고 하는 곳에 올라서니 강원도의 높은 산들이 모두 보였다. 삥 둘러 오대산 매봉, 대관령, 황병산 선자령 그밖에 이름 모를 산과 무릉계곡이 아늑하게 펼쳐져 있었다.

정상에서 5분쯤 내려오니 조그만 산장이 있었다. 웬 털보 아저씨가 나왔다. 여기서 점심을 먹고 가도 되는지 물으니 그러라고 했다. 그러나 문제가 생겼다. 배낭을 풀어놓을 때 회원 하나가 길가에서 캔 당귀 한 뿌리를 털보 아저씨가 본 것이다. 아저씨는 우리를 심하게 나무랐다. 산에 다닐 자격이 없느니 상식도 없느니……. 나이 먹은 아줌마들이 떼를 지어 놀러나 다니며 당귀나 캐러 다니는 줄로 몰아 부치는 그 아저씨가 매우 야속했다. 알고 보면 우리도 자연을 사랑하며 보호하는데 적극 참여하는 봉사단체인데 어쩌다가 오늘 이런 실수로 오점을 남겼는지…….

쓸쓸한 기분으로 점심을 먹고 나서 한참을 내려와 낙영폭포에서 마음을 깨끗이 씻었다. 괴상하게 생긴 바위와 나무, 폭포와 계곡의 어우러짐, 참으로 아름다웠다. 만물상이라는 바위는 참으로 묘하고 뾰쪽뾰쪽한 만의 얼굴로 갖가지 모습을 하고 있었다. 구룡폭포는 이름 그대로 아홉 구비 폭포던가 용의 모습인가 하얗게 굽이치며 떨어지는 아름다운 자연의 신비함에 감탄하며 발길이 옮겨지지 않았다.

깊이 패인 협곡에 수심이 깊어 보이는 물을 보니 아찔한 마음에 이런 곳도 있구나하는 생각이 들었다.

(1996. 7. 4)

노고단에서 천왕봉으로~지리산 종주

방바닥은 물이 고여 흥건하고 빨랫줄에서는 물이 뚝뚝

비가 부슬부슬 내리는 노고단 길은 무거운 배낭 탓인지 땀과 비가 온몸을 적셨다. 그래도 즐겁고 설레는 마음에 발걸음은 가벼웠다. 몰려오는 안개와 구름 때문에 앞이 잘 안 보이고 길이 미끄러워 조심하였다. 임걸령 샘터에서 싸 갖고 온 도시락을 먹고 나니 비가 조금씩 쏟아지기 시작하였다. 삼도봉에서 뱀사골로 내려가지 말고 쭉 내려가다 오른쪽 길로 가야 했다. 헬기장에 가서는 안개가 자욱하게 끼어 10m 앞길도 보이지 않아 이정표를 보고 전진했다.

토끼봉을 지나 명선봉에 오를 때는 캄캄해지더니 굵은 빗줄기가 억수로 쏟아져 바로 앞도 보이지 않았다. 비는 좀처럼 그칠 기미가 보이지 않고 계속 내려 온몸은 빗물과 땀으로, 심지어는 등산화까지 흠

노고단에서 천왕봉으로

삑 젖어 어떻게 할까 대책이 서지 않았다.

그렇게 오르락내리락 산 위에서 물 속을 걸었고, 5시가 넘어서야 연하천 산장에 도착하였다. 그런데 이게 웬일인가! 움막같이 작은 산장은 우릴 다 수용할 수 없었는데 우린 모두 하룻밤을 묵어야 했다. 젖은 옷에 젖은 신발, 찬 마루바닥, 더구나 전기불도 없고 큰일났다 싶었다.

뒤에 있는 창고 같은 방에서 자는데, 방바닥은 물이 고여 흥건하고, 위에서는 줄에 옷을 널었으니 물이 뚝뚝 떨어지고, 한숨도 못 자고 밤을 지새웠다. 아침에 일어나 보니 이슬비가 내리며 먹구름이 시커멓게 몰려왔다. 다른 팀에서 몇몇 회원들이 포기한다며 수근거렸다. 그러나 나는 비가 올 것 같은 느낌에 젖은 옷을 다시 입고 8시 10분에 출발했다. 또다시 오르락내리락 하는 사이 어느덧 구름이 걷히고 햇빛이 비쳐 모든 산하가 다 보였다. 이제야 지리산에 온 실감이 났다. 젖은 옷과 등산화가 모두 말라 상쾌하기까지 했다.

벽소령에서는 산장을 짓느라 기계 소리가 요란하게 산을 울렸다. 선비샘에서 식수를 뜨고 칠성봉, 영신봉, 세석평전을 지나 5시 30분경, 드디어 장터목 산장에 도착했다.

일출을 보고 난 후 힘이 솟아 발걸음이 가벼웠다

장터목 산장은 넓고 깨끗해서 편히 잘 쉬었다. 4시 20분에 천왕봉으로 출발. 하늘에는 별이 초롱초롱 반짝거리고, 둥그런 달님은 나를 따라다니며 환하게 비춰 주어 걷기에 좋았다. 오늘은 일출을 볼 수 있을 것 같아 발걸음이 가벼웠다.

5시 40분에 정상에 도착했으나 이게 또 웬일인가? 갑자기 회색 구름이 하늘을 덮는 것이었다. 몇 년 전 법계사로 해서 천왕봉에 올라갔을 때도 갑자기 맑다가 구름이 몰려와 일출을 못 보았는데 그때와 똑같은 상황이 일어난 것이었다. 크게 실망하여 사진이나 찍자 하고 렌즈를 보는 순간, 갑자기 해가 뜬다며 소리쳤다. 정말 동쪽 하늘에 붉은 해가 실눈썹같이 떠오르기 시작하는데 그 모습이 장관이었다. 점점 위용을 드러내는가 싶더니 거기에 구름이 가로줄을 띄워 더더욱 아름다웠다. 주위의 구름들은 아름다운 조명을 받은 것처럼 자신의 색깔로 해를 에워싼 모습이 너무나도 찬란하였다. 모두 감격해서 애국가를 불렀다. 이틀 동안 힘들게 비를 맞고 온 보람이 있었다. 나는 일출을 보고 나니 힘이 솟았다. 몸이 날아갈 듯 가벼웠다. 할 일을 다 마친 사람처럼 마음도 상쾌했다.

모두 가벼운 발걸음으로 장터목 산장에 다시 내려와서 아침을 해먹고, 10시에 출발해서 백무동에 1시 30분에 도착하였다. 태어나서 처음으로 그런 고생을 해 보았지만 즐거움은 몇 배나 더 큰 산행이었다.

(1996. 8. 27~29)

지리산 고목

해발 1,800미터
고산준령에
발가벗고 서 있는 고목

6·25 때
불길에
생죽음 당하고
너무나 억울해서
차마 썩지 못하고
잿빛으로 뭉그러진 육신
비바람 눈보라에
살점은 씻겨나가
회색빛 뼈다귀만
고스란히 남았다.

지리산은 혼귀의
국립묘지다.

갑자기 빙판 길은 시작되고 : 소백산

한 자나 쌓인 눈 속 쓰레기장에서 점심 먹고

괴산에서부터 도로가 꽁꽁 얼어 굉장히 위험한 길을 기사는 아주 노련하게 운전을 했다. 그러나 빙판길 운전을 해본 나는 꼬불꼬불 내리막길을 갈 때 바짝 긴장이 되어, 두 손뿐만 아니라 온몸에 땀이 젖을 정도로 가슴을 졸였다. '이럴 줄 알았으면 오지 않았을 것을' 하는 생각도 하며……

오늘은 두 팀이 각각 두 대의 버스로 소백산에 갈 예정이었으나 큰 눈이 내려 회원들이 얼마 참석하지 못한 관계로 두 팀이 합쳐 한 대의 버스로 오게 되었다.

천동 동굴을 지나 다리안 주차장에서 산행은 시작되었다. 높은 산이라서인지 올 때마다 일기변화로 산행은 순조롭지만은 않았다. 얼어

붙은 빙판 길에 발 디디기조차 힘들었고 오르막길에 붙잡을 곳도 없으니 힘들고 위험하였다.

멀리 보이는 소백산 봉우리들이 하얀 눈으로 덮여 마음을 설레게 하였다. 그러나 올라갈 수록 세차게 휘몰아치는 눈보라 속에 바람 소리마저 사납게 들려 '과연 소백산의 바람 엄청나구나!' 하는 생각이 들었다.

야영장을 지나 산등성이에 조그만 대피소가 있어 점심을 먹으려고 들어갔는데, 몇 사람만 들어가고 나머지는 바람을 피할 곳이 없어 한 자나 쌓인 눈 위에서, 그것도 쓰레기장 속에 들어가 점심을 먹었다. '먹고 산다는 것, 이렇게라도 먹어야 사나?' 라고 생각을 하니 "인간은 살기 위해 먹는다."란 답이 나왔다. 그래도 밥맛은 꿀맛이어서 한순간에 후다닥 먹어 치웠다. 손은 시리다 못해 꽁꽁 언 동태처럼 감각도 없다. 지독한 여자들, 한 번 정상에 도전하면 기어코 해내는 그 끈기. 그 상황 속에서도 포기한다는 사람은 아무도 없었다. 아니 그런 생각은 아무도 안 했을 것이다.

점심을 먹으니 훈훈해졌다. 우린 또 정상을 향해 가던 길을 재촉하였다. '저 시베리아 벌판 같은 사나운 눈보라 속으로 가자. 쌓인 눈이 하얗게 바람에 날려 산이 보이지 않는다. 구름인지 눈인지 가늠할 수 없이 하얗다. 그래도 우린 올라간다. 하얀 소백산을 보려고……'

한참을 앞만 보고 올라가다가 바람을 좀 피해보려고 정상 못 미쳐 대피소로 들어갔다. 바람에 흔들리는 낡은 건물에 들어서니 이곳은 비바람, 눈보라를 잠시 동안 피해 갈 뿐, 춥고 썰렁해서 곧바로 산에 올라가기 시작했다. 주목 군락지의 고사목들, 오늘은 너무 추워 누가 두툼한 옷을 입혀 주었구나! 여기저기 팔 벌리고 서 있는 고사목들을 보며 나는 골고다 산상의 십자가를 떠 올렸다.

해발 1,440미터의 비로봉 정상에 섰다. 바람은 여전히 사납게 몰아 쳤다. 모든 산하가 하얗게 바람에 날려 소리도 요란하다. 그래도 우린 비로봉 표지석에 찜하고 사진을 찍었다.

하산은 비로사로 시작했다. 내려오는 길은 얼지도 않고 바람도 없어 수월하게 내려 왔다. 또 아침처럼 얼었으면 어쩌나하는 걱정이 들었는데, 다행히 다 녹아서 잘 도착하였다.

오늘은 완전히 목숨을 내놓은 하루였던 것 같다. 그러나 후회는 없다. 나와의 싸움에서 이겼으니 자랑스럽다.

(1996. 12. 19)

두려운 세상

어젯밤에
진눈깨비가 내렸다.

큰 길이나 골목길이나
모두 꽁꽁 얼어 붙었고
그 위에 다시 눈이 내리는데

희미한 새벽 가로등은
영롱한 보석 가루들을 만들고
자동차 불빛은
신작로 길에
온통 다이아몬드를 박는다

이 찬란한 새벽
나는 수많은 보석을 밟고
간이 콩알만 했다

청학동 마을로 들어가 : 지리산(삼신봉)

지리산의 전망대가 여기로다

지리산 끝자락 청학동에 들어갔다. 텔레비전에서 청학동 마을이 나
오면 바지저고리에 상투 매고 머리 땋고 하늘천 따지를 하는 깊고 깊
은 산골로 알고 있었다. 오늘은 그곳에 가서 '그들을 직접 볼 수 있겠
구나'하는 생각에 마음이 설렜다.

청학동 세동리 마을 주차장에 닿았다. 그런데 머리 속에 그렸던 마
을이 아니고, 사람들도 보이지 않았다. 어느 곳이나 마찬가지로 양옥
집에 음식점이 있는, 몇 가구 있는 마을로 들어가 곧바로 산에 들었
다. 조그만 암자를 지나고 삼신봉을 향하여 녹색지대로 들어갔다. 산
에는 여기저기 진달래꽃이 만발하여 예뻤으며, 벚꽃도 푸른 소나무와
어우러져 아름다웠다.

정상인 삼신봉(해발 1,354.7미터)의 암봉에 올라서니 쭉 펼쳐놓은 지리산이 한 눈으로 보였다. 세석으로 가는 능선길이 완만하게 보여 그 길을 따라 세석으로 천왕봉에 가고픈 마음 생겼다. 벽소령, 촛대봉, 천왕봉이 모두 보여 지리산 전망대가 여기다 싶었다.

쌍계사 하면 유명한 불일폭포를 몇몇 회원들은 포기한다며 갈림길에서 철썩 주저앉아 쉬고 있었다. 무척 힘들은 표정이었다. 능선으로 계속 오르락내리락 한 4시간쯤 걸으니 모두들 힘이 들었나보다. 그러나 또 못 보면 후회할 것 같아 나는 강행군을 하였다. 산을 돌고 돌아가보니 웅장한 폭포수가 그 소리 또한 우렁차서 온 산을 울렸다. 절벽으로 된 길을 내려가 찬물에 손을 담가 보고 오는 회원들도 있지만 나는 힘도 들거니와 내려가서 보는 것보다는 이곳에서 보는 경치가 더 좋을 것 같아 그냥 있었다.

거기에서 얼마나 걸렸을까, 한참을 내려와 보니 나는 말로만 들었던 벚꽃으로 유명한 쌍계사에 닿게 되었다. 어젯밤에 개화한 듯한 벚꽃 십리 길은 너무도 화사하였다. 나는 꽃 터널을 지나가며 어려움도 다 잊은 채, 황홀감에 젖어 감탄사만 연발하였다.

오늘은 청학동도 가봤고, 그 어마어마한 지리산도 한눈으로 바라봤고, 유명한 폭포도 봤으며 쌍계사의 벚꽃길도 걸어 보았다.

(1997. 4. 10)

속리산에 이런 곳도 있었나 : 속리산

5시간만에 묘봉에 오르고 또 올라갔다

싱그러운 오월, 해맑은 날씨와 신선한 바람이 무척 상쾌했다.

온 산이 연녹색으로 물든 아름다운 산길을 80여 명이 줄을 이어 산에 올랐다. 오늘은 속리산의 뒤쪽, 보은에서 좌측 길로 가다가 상주시 화북면 운흥1리 마을에서 산행을 시작했다.

숲 속 길을 1시간쯤 오르면 험준하면서도 재미있는 능선길이 나온다. 마당바위 모자바위를 지나면 토끼봉에 닿는다. 토끼봉에 올라서면 너럭바위에 노송이 그늘을 만들어 주고, 주룩주룩 서 있는 입석바위가 있고, 위로는 문장대까지 이어지는 능선의 암봉들이 보인다. 짙푸른 소나무와 연록색 나뭇잎이 바위와 어우러져 너무 아름답다. '속리산에 이런 곳이 다 있었나.' 하는 생각과 '생각지 않았던 선물을 받

앉을 때의 기분이 이런 기분일까?' 라는 생각이 들을 정도였다.

765봉을 올라서니 충청북도와 경상북도의 경계선이기도 한 큰 지 능선에 올라섰다. 여러 개의 크고 작은 암봉을 지나 상학봉(860), 묘봉 까지의 암릉은 매끄럽고 넓적한 바위로 시작하여 묘한 바위틈을 빠져 나가야 하고, 줄을 타고 온 힘을 쏟아야만 오를 수 있는 암벽이 있다. 또한 몸만 빠져나갈 수 있는 좁은 굴을 통과해야 한다. 모든 것이 아 슬아슬 하면서도 재미있었다. 아직 등산길이 잘 나 있지 않아 길이 희 미할 뿐만 아니라 가다가 보면 바위가 가로막아 길이 없어져 길을 잃 을 수 있는 어려운 길이었다. 그러나 전옥례 씨 남편 김선생이 나뭇가 지로 길을 표시해 쉽게 찾아갈 수 있었다. 그러기를 반복하며 5시간 을 걸어 크고 넓적한 암봉으로 된 묘봉(874)에 도착하였다. 너무 오랫 동안 걸어서인지 모두 지쳐 털썩 주저앉아 버렸다. 그러나 그렇게 좋 을 수가 없었다.

전망이 확 터져 사방천지가 다 보였다. 바로 앞 건너편에는 관음봉 이 있고 문장대가 보였다. 우리가 밟고 온 능선의 암봉들은 용의 형상 이 꿈틀거리듯 보였다. 멀리 또는 가까이 연초록 물결이 온 세상을 덮 는 장관은 아름답다는 말로는 표현이 부족하였다. 문보석 씨의 가곡 이 이 아름다운 산기슭에 메아리쳐 흘렀다. 모두가 이 시간만은 하늘 을 향해 감사를 하였다. 우린 거기서 한참 쉬다가 또다시 전진했다.

전망도 보이지 않는 숲 속으로 내려가다 다시 오르고, 이젠 힘에 부쳤다. 거기서도 한참을 걷다가 좁은 신아대 숲 길이 나오자 내려가 기 시작했다. 그곳이 바로 880봉(두루봉) 못 미쳐 법주사로 내려가는 속사치 길이었다.

장장 8시간 50분이나 걸린 힘든 산행이었다. 그러나 하산하고 보니 어려움은 그 때 뿐이라는 생각이 들었다.

재미있는 능선 길을 언제가 한 번 다시 가보겠다는 생각을 하고는 이내 잠자리에 들었다.

(1997. 5. 14)

제 3부

산에서는 한여름이라도

캐나다를 다녀와서 : 록키산맥의 설경

초저녁 밤이었는데 어느새 찬란한 태양이

6월 6일 새벽

남들이 모두 깊은 잠에 빠져있는 시간.

7박 8일 간의 캐나다 여행길에 나섰다. 이번이 세 번째 외국 여행이라 그런지 마음이 느긋하면서 안정감마저 들었다. 27명의 등산 회원들과 같이 대전을 출발해 김포공항에서 일본을 거쳐 캐나다로 갔다. 5시간쯤 갔을까 점점 어두워지더니 캄캄한 밤하늘에는 수많은 별들이 아름답게 반짝거렸다. 별들이 바로 머리 위에 떠있는 것 같이, 마치 내가 별들의 세계에 온 것 같은 느낌이 들었다.

8시 30분. 잠을 청했다. 살포시 잠이 드는가 했더니 누군가가 옆에서 깨웠다. 모두가 술렁거리는 소리가 들렸다. 눈을 떠보니 기내에 햇살이 비쳤다. 조금 전 초저녁 밤이었는데 어느새 찬란한 태양이 떠올라 온 세상을 비췄다. 저 아래 지구는 북극지방인지 끝도 없는 산악지대로 온 산이 하얗게 눈으로 덮여 있었고 또한 해를 둘러싼 구름들은 오색 찬란하게 아름답게 떠 있었다. 그 때가 9시 40분. 1시간 반 사이에 갑자기 이렇게 낮과 밤이 교차되다니 참으로 신기했다. 하룻밤이 없어지고 6월 7일 아침이 된 셈이다.

하얗게 눈으로 덮인 산들이 고요하고 평화로운 아침을 맞는다. 이 아름답고 신기한 풍경은 나를 시간 가는 줄 모르게 했고, 몇 시간이나 흘렀을까 어느덧 하얀 눈의 세계는 지나가고 산과 호수와 하얀 길이 보였다. 이제 목적지인 토론토에 도착할 시간이 되었다. 점점 육지와 가까워지며 시내가 한눈에 들어왔다. 넓은 초원이 깨끗하게 펼쳐져 있었다. 또한 집과 사람들까지 선명하게 보여 공기가 맑다는 것을 금세 느낄 수 있었다.

토론토 공항에 도착하니 오후 2시 30분. 현지 가이드가 와서 우리를 친절하게 맞아 주었다. 곧바로 세계에서 가장 높다는 C.N. 타워에 올라가 시내를 구경하고 몬트리올 호수를 보았다. 바다처럼 끝없이 수평선을 이룬 저 깨끗한 물이 이 나라의 보배고 재산이라 했다. 그리고 난 후 주의사당에 들려 구경하고 캐나다에서 제일 크다는 토론토 대학을 보고 호텔로 왔다.

밤 10시. 잠이 오지 않았다. 지금쯤 그이는 삶의 현장에서 열심히 일하고 있겠지. 아이들 역시 제각기 맡은 일을 잘 하고 있겠지. 낮과 밤이 바뀌어 이틀을 못 잤으나 잠은 오질 않고 낮의 일들이 주마등처럼 떠올랐다.

6월 8일

캐나다에서 첫 밤을 지내고, 그 유명한 나이아가라 폭포를 보러 갔다. 폭포수가 떨어지는 소리는 천지를 진동하듯 웅장했고, 물기둥은 수십 미터나 솟구쳐 올라가 하얀 물안개를 이루며 무지개를 폈다. 물새들도 미국과 캐나다의 폭포수를 넘나들며 비행을 하며 묘기대행진을 했다. 이쪽저쪽 보는 곳마다 새로운 느낌이 들었다. 폭포수가 흐르는 계곡에 다리가 놓여 있는데, 다리를 건너면 그곳은 미국이라 했다. 어쩌면 이렇게 큰 두 나라의 경계선이 평화로울 수가! 나는 내심 놀랐다. 돌아오는 길에 기네스북에 올랐다는 세계에서 가장 작은 교회도 가보았다. 겨우 5~6명이 들어 갈 수 있는 교회였다.

6월 9일

토론토 피어슨 국제공항에 가서 비행기를 타고 캘거리로 갔다.

얼마나 먼지 5시간이나 걸려 그곳에 도착했다. 바다 같은 호수와 끝없는 초원이 눈앞에 펼쳐졌다. 그 넓은 땅에는 산과 집들이 보이지 않았다. 안개가 낀다거나 스모그현상도 전혀 없어 육지가 선명하게 보였다. 이곳 캘거리에 오고 나니 같은 나라건만 왠지 다른 나라에 온 느낌이 들었다. 토론토는 봄 날씨였건만 이곳은, 겨울 날씨와 겨울 풍경만 보였다.

어제 비행기에서 보았던 눈 쌓인 산악지대가 저 록키산맥이었구나.

그곳은 마치 끝없이 펼쳐진 높은 산에 하얀 꽃이 핀 것처럼 아름답게 보였다.

우리는 벤프 공원에 있는 말로만 듣던 록키산맥으로 향했다. 산 속으로 산 속으로 들어가니 첩첩산중에 호수가 있고 호수 속에 비친 산 그림자가 너무 아름다웠다. 바로 길가에는 동물들이 한가롭게 놀고 있었다. '우리 나라 같으면 저런 짐승들이 남아 있을까?' 문득 이런 생각을 해 보았다. 골프장과 보호 호수 등을 보고 벤프 공립공원에 있는 그린우드하우스 호텔에 와서 여장을 풀고 하루를 묵었다.

수억 년 전부터 녹지 않는 빙하

6월 10일

날이 밝아오자 호텔 창문으로 눈이 하얗게 쌓인 산이 성큼 다가왔다. 재빨리 밖으로 나가 보니 주위가 너무나 아름다운 산 속이었다. 여기에서 며칠 쉬었다 가면 얼마나 좋을까…….

아침 일찍 다시 록키산맥으로 출발했다. 전망대가 있는 설파산에 곤도라를 타고 올라갔다. 비록 눈이 너무 많이 쌓여 곤도라로 올라가긴 했지만 내가 이 머나먼 땅, 캐나다 록키산맥의 설파산 해발 2,200미터의 정상에 서 있다는 것만으로도 너무나 감격스러워 가슴이 벅찼다.

쟈스퍼로 갔다. 설상차로 콜롬비아 아이스필드를 올라가 수백 미터 얼음 위에서 감격의 시간을 보냈다. 설상차란 얼음이나 눈이 쌓인 산

길이라도 안전하게 사람들을 실어 나를 수 있는 타이어가 아주 큰 차다. 나는 수억 년 전부터 얼음이 녹지 않은 산 속의 빙하에서, 날아갈 듯한 바람과 쌓인 눈 속에서 미끄러지기도 하고 뒹굴기도 하

캐나다 록키산맥의 설파산(해발 2200m)

며 잠깐이나마 즐거운 시간을 보냈다. 바로 앞의 산은 산봉우리만 조금 보일 뿐, 눈이 쌓여 크나큰 빙산이 되어 하얀 얼음 덩어리로 변해 있었다. 우리 일행은 그 광경을 마음껏 비디오 카메라에 담고 눈을 뭉쳐 한 덩이씩 먹기도 했다. 이상할 만큼 춥고 세찬 바람이 불어 오래 있을 수가 없었다. 그래서 '눈과 얼음이 녹지 않는구나'하는 생각이 들었다.

돌아오면서 루이스호스 산장에 들려 쇼핑을 하였다. 이곳의 산장은 가는 곳마다 모두가 넓고 깨끗하였다. 캘거리로 오면서 '언제 내 평생에 다시 와 볼 수 있을까' 하는 생각이 들어 조금은 아쉬웠다.

6월 11일

다시 캘거리 공항으로 가서 국내선 비행기를 타고 벤쿠버로 갔다.

퀸엘리자베스 공원에 가서 고운 꽃길과 숲 속을 걸었다. 차이나타운과 스탠리 공원을 구경하고 나서 벤쿠버 시내를 끼고 있는 강을 건너 조그마한 야산을 30분 정도 걷기도 했다. 그곳에는 맑은 공기와 숲, 물이 있어 아무런 피곤함도 느끼지 못하고 무척 상쾌했다. 이곳 벤쿠버 시내는 거의가 공원으로 되어 있는 것 같았다.

450대의 차를 싣고 2만 5천 명을 태운다는 세계에서 가장 큰 배

6월 12일. 빅토리아로 가기 위해 해리터미널로 갔다

빅토리아로 갈 차들이 모이기 시작하여 시간이 되자 차들이 서서히 줄지어 배 안으로 들어갔다. 얼마나 큰배인지 배 안에 신호등이 있어 신호를 따라 지하 3층으로 들어가는데 버스와 승용차가 줄줄이 여러 차선에 가득 들어찼다. 450여 대의 차를 싣고 2만 5천 명을 태울 수 있는 세계에서 가장 큰배라니 정말 어마어마했다.

도착하자 배 안에서 차를 타고 서서히 빠져 나왔다.

세계의 꽃들이 모여 있다는 부차든 가든에 갔다. 예전에 버려진 땅을 개간하여 새로 만든 공원이라는데 정말 잘 꾸며 놓은 것 같다. 거기에서 나와 주 정부 청사와 조각품처럼 잘 꾸며 놓은 임푸레스 호텔은 감탄사를 연발하게 했다. 그곳 앞에 큰 호수가 있어 호숫가를 걸어 봤다. 길가에는 젊은 사람이 기타를 치고 있었는데 그 모습은 마치 영화 속에서나 보았던 것을 실감케 했다.

오늘의 일정을 모두 끝내고 다시 배를 타고 나와 호텔로 와서 마지막 밤을 자축하며 즐거운 시간을 보냈다.

6월 13일. 마지막날

회원 하나가 여권을 분실하는 바람에 큰 걱정거리가 생겼다. 그러나 신동숙 회장님과 관광회사 이훈우 씨가 직접 한국 대사관을 찾아가 사정을 이야기하니 다행히도 쉽게 여권을 다시 만들어 주어 착오 없이 공항에 가서 비행기를 탔다. 비행기가 뜨자마자 끝없이 하얀 록키산맥이 시작되고 그후 몇 시간이 지났다. 그렇게 높이 올라왔건만 날씨가 맑아 바로 저 밑에 있는 산처럼 가까이 보였다. 뾰쪽뾰쪽한 산봉우리가 붓으로 선을 그어 그린 동양화같이 아주 맑고 선명하게 보였다. 한 마디로 말해 눈 쌓인 록키산맥의 경치는 무어라 형용할 수 없이 아름다웠다.

며칠 동안 꽉 찬 일정에 시간 가는 줄 모르고 즐거웠다. 1시간만에 낮과 밤이 교차되는 일, 나이아가라폭포, 록키산맥의 설경과 호수, 그림 같은 산장, 빙하에서 감격했던 일, 친절한 운전기사, 신선한 공기와 맑은 하늘. 아! 정말 감격스럽고 참으로 알차고 보람있는 여행이었다. 어느 나라보다 순수하고 여유 있는 살기 좋은 나라라고 생각되었다. 내가 다시 젊어진다면 캐나다에 가서 한 번 살아보고 싶다.

(1997. 6. 6～13)

산에서는 한여름이라도 : 도덕봉

자기들의 영권을 침투하면 벌들은……

102번 버스를 타고 유성을 지나 활주로 가든에서 내려 도덕봉을 올랐다.

아직도 날씨가 더운 탓에 반바지를 입고 온 회원들이 있었다. 나는 한 여름이라도 긴바지를 입고 다녔다. 혹시 벌레에라도 물릴까봐 긴바지와 긴팔 그리고 모자까지 쓰고 꼭꼭 단도리를 하고 다녔다. 그날 따라 내가 왜 그런 생각을 했는지 반바지에 반소매를 입은 회원들한테 벌에라도 쏘이면 어쩔려구? 뱀도 있고. 걱정이 되어 말했다. 갑작스레 왜 그런 생각을 했는지, 아마도 반바지 반소매 차림의 회원들을 걱정하는 노파심에서였을 것이다.

도덕봉에서 조금 가다 좌측 길로 하산하기 시작했다. 어느 지점에

서인가 갑자기 길이 희미하다가 끊겼으나, 아는 산이니 무조건 내려
가자는 의견이 나와 그렇게 하기로 하였다. 깊은 낭떠러지와 울창한
숲은 이 산에서는 처음 보는 것이었다. 더구나 높은 절벽 끝에 왕 벌
집이 함지박 만하게 매달려 있는 것을 보고는 흠칫 놀랬다.

그 곳을 거의 다 빠져 나와 길을 만나 내려오는데 김홍분 씨가 푸
석한 흙을 밟는 순간 갑자기 벌이 솟아 나와 우리를 공격했다. 벌들은
우리의 온 몸에 다닥다닥 붙어 머리 속 또는 몸 속까지 침투하여 필
사적으로 쏘아댔다. 자기들의 영권을 침투하였다하여 목숨을 바쳐 돌
격해 온 것이었다. 나는 조끼를 벗어 힘차게 내 몸을 후려치며 방어했
다. 다행이 나는 모자를 썼고 긴바지를 입어 괜찮았지만 반바지를 입
은 회원들은 바지가랑이 속으로 벌들이 파고 들어가 온 몸을 쏘아댔
다. 모두들 옷을 벗고 침을 빼고, 비상약을 바르고 내려오니 수통골
계곡이 나왔다.

이젠 살았다하며 땀으로 뒤범벅이 된 얼굴을 씻고 갈까 했더니 회
원 하나가 이끼 낀 바위에서 미끄러지면서 손가락을 다쳐 먼저 내려
갔다고 했다. 이게 어찌된 일인가? 서둘러 내려가 보니 손가락이 많이
다쳐 아주 급한 상태였다. 타고 나갈 차도 없어 과수원집으로 들어가
119로 전화했다. 지금까지 아무 일 없이 잘 다녔는데 오늘은 우리 팀
이 억수로 재수 없는 날인 듯 했다.

작은 산일지라도 산에 오를 때는 항상 겸손한 마음가짐이 필요하
다는 걸 절실히 느낀 산행이었다. 앞으로는 이런 일이 없어야 할 텐
데…….

(1997. 8. 21)

하루에 두 산을 간 이유 : 덕유산과 적상산

30분만에 해발 1,500미터의 산에 오르다니

덕유산 정상에 쉽게 올라가서 중봉으로 동엽령으로 능선길을 타고 남덕유 쪽으로 가려고 무주리조트로 갔다. 단체 입장 7,000원씩의 거금을 주고 관광 곤도라를 타고 정상 바로 밑 설천봉(1,525미터)에 올라갔다. 그러나 가고자 하는 길을 통제시켜 우린 덕유산(해발 1,614미터) 향적봉을 눈앞에 두고 다시 내려와야 했다.

비록 우리는 그곳에 못 올라갔지만 당국에서 입산금지를 한 것은 잘한 일이라는 생각이 들었다. 그것은 사람들이 약초를 캐며 무자비하게 산을 파헤쳐 훼손시키는 일이 항상 안타까웠기 때문이다.

우리는 여기에서 적상산(1,034미터)으로 향했다. 안씨네 마을로 들어서서 포장된 마을길을 오르는데 시멘트 바닥에 쏟아 붓는 유월의 태양 볕이 얼마나 뜨겁던지 숨을 턱턱 막히게 했다. 다른 날보다 늦은 한낮에 산을 오르려니 더 뜨겁고 모두가 힘이 빠진 상태였다. 포기하고픈 마음까지 있었으나 이제껏 도중에 포기한 적은 한 번도 없었기에 모두들 말없이 전진했다. 그러나 산 속으로 들어가니 시원한 바람이 감돌아 축 늘어졌던 우리도 생동감이 솟았다.

설천봉에서

나무 그늘 속으로 간간이 불어오는 솔솔 바람과 함께 산뜻한 풀잎향기를 맡으며 오르니 삼림욕장이 어디 따로 있겠는가 싶었다. 상쾌했다. 그렇게 2시간만에 능선에 올라섰다. 왼쪽으로 조금 올라가면 정상이고 아래로 내려가면 안국사다. 정상에 갔다가 뒤돌아서 안국사로 갔다. 언제 신축했는지 새로 만들어진 건물로 아직은 주변에 나무와 풀이 어우러지지 않았다. 우린 오늘 계획에 없었던 산을 왔기에 올라왔던 길로 하산했다. 산을 돌아보고는 이곳에 오길 참 잘한 일이라 생각했다. 다음 번에는 서창리로 올라가 향로봉으로 해서 적상호로 전망대로 산행하리라.

(1997. 8. 11)

눈 속에 묻히다 : 태백산

새벽길

눈발이 휘날리는
이른 새벽길
이미
자동차의 속도를 타고
날리는 백색의 티끌
이리 저리 뒹굴며
미세한 분말이 되었다가
순백의 영혼으로 바뀌는
가벼운 새벽
처음인 듯 꿈속을 헤맨다.

눈 쌓인 태백산을 향하여 새벽 6시에 출발했다.

설경이 아름다운 태백산에서

　함박눈이 많이 내려 포기한 회원들이 많아 차 한 대는 보내고 한 대로 진달래, 상록수, 우리 팀 40명이 출발했다.

　조금은 위험한 생각이 들면서도 태백산의 설경이 보고 싶어 왔는데 참 잘 왔다 싶었다. 버스길은 모두 뚫렸고 등산객들도 우리 말고 몇 팀이나 있었다.

　우리는 유일사 입구에서 산행을 시작하였는데 처음부터 푹푹 빠지는 눈길을 걸었다. 하얀 눈으로 온 산은 덮여 있고 주목나무들은 설경 속에서 하나 하나의 희귀한 작품이 되어 자태를 드러내니 그 아름다움에 매료되어 입을 다물지 못하고 감탄사만 연발하였다.

　쌓인 눈의 깊이를 스틱으로 재어 보니 손등까지 파묻혔다. 우리 나라에서는 처음 보는 많은 눈이었다. 보자기 하나 엉덩이에 두르고 미끄럼을 타면서 내려오니 더 빨리 내려올 수 있었고 동심의 세계로 돌아간 것 같아 재미있었다.

천재단-만경사-단골로 내려왔다. 얼음 조각공원에서 유명인들과 똑같은 인물작품을 보고 꼭 실물 같아 그 솜씨에 몇 번이고 놀랐다.

(1998. 1. 21)

문경새재에 가다 : 주흘산

나는 새도 쉬어갔다는 문경새재

나는 새도 쉬어간다는 문경새재에 있는 주흘산에 갔다.

날씨가 따뜻해 봄이 성큼 다가온 듯 싶었다. 제 1관문을 지나 올라
가는 길목의 큰 계곡과 논에서는 많은 황소개구리들이 산골이 떠나갈
듯 울어댔다. 너무 크게 울어대니 온 산천이 찌렁찌렁 울려 시끄럽고
공포감마저 주어 문젯거리라는 생각이 들었다.

혜국사를 지나고 한참을 올라갔다. 능선길로 들어서니 갑자기 산등
에 벚꽃이 만개한 것처럼 설화雪花가 만발했다. 우리는 눈꽃 터널 속
을 걸으며 환호의 탄성을 질렀다. 눈꽃 세계에 도취되어 감탄하고 또
감탄하며 암봉으로 된 해발 1,106미터의 정상에 올라섰다. 정상에는
주흘산主屹山이라는 표적이 있고 저 멀리 내려다보이는 산자락이 광

대하게 펼쳐져 장관을 이루고 있었다.

주흘산은 계곡이 깊고 험해 1, 2, 3관문으로 나뉘었다고 한다. 옛날에 과거시험 보러 갈 때는 이곳으로 가야하고 또한 이곳을 지나려면 도적이 많아 몇 사람씩 모여 지나가야 했다고 한다. 정말 삥삥 둘러 산뿐이지 마을은 보이지 않았다.

내려올 때는 큰 계곡이 있는 제 2관문으로 내려왔다. 계류를 타고 1시간쯤 내려오니 작고 큰돌들로 층층이 쌓아놓은 돌탑이 발 디딜 틈도 없이 많았다. 주변 장사꾼들이 오고가며 소원을 빌며 쌓아 올린 탑이라 했다. 문경새재 제 2관문으로 내려와서 제 1관문으로 걸어가는데 주변의 경관이 매우 깨끗하고 좋았다. (산행시간 : 5시간)

(1998. 3. 12)

접근 금지였던 : 계룡산(천황봉)

과연 계룡산은 명산이야

계룡산은 수십 번을 갔지만 천황봉에는 오늘 처음으로 갔다. 군사 시절 접근금지라서 민간인은 못 갔는데 가도 된다는 정보를 입수하고 오늘 그곳에 간 것이다. 논산군 두마면 엄사리에서 시작해 향적산으로 가서 계룡산을 바라보며 능선을 타고, 숫용초 계곡에서 점심을 먹은 후 다시 시작하는 마음으로 산에 오르기 시작했다.

숲이 우거진 그늘 속으로 가파르게 오르다 보니 어느새 이마의 땀방울은 온몸으로 스며들었다. 어쩌다 불어오는 솔솔바람은 무척이나 고마웠다.

해발 845미터의 천황봉에 오르니 피곤함이 싹 가셨다. 황적봉 능선이 칼날같이 천황봉을 향해 있고 관음봉은 저 아래 굉장히 낮은 곳에 있었다. 신도안 군부대가 둥그런 산 속에 아늑하게 자리잡고 있었는데 무척 깨끗하게 보였다. 우리 고장이라 천지사방 어딘지 다 알 수가 있어 제각기 한 마디씩 하였다. 능선을 내려오며 과연 계룡산은 명산이야! 참 멋있다 또 새삼 느끼며 이쪽저쪽 산을 보기에 바빴다.

동학사로 내려오는데 8시간이나 걸렸고 너무 오랜 시간을 걸은 후라 다리가 아프다고 호소하는 회원들도 있었다.

(1998. 4. 30)

대전에서 가까운 산 : 천등산 · 2

바위가 미끄러지며 굉음을 내고 연기를 피며

오늘은 우리 YWCA 등산팀 중에서 진달래, 상록수, 호산나 그리고 우리 4팀이 가까운 천등산을 찾았다. 전북 완주군 운주면 옥계천을 따라 내려가다 냇물을 건너 계곡으로 들어갔다. 기도 터에 못 미쳐 개울을 건너 오름길로 접어들었는데 그 길은 큰돌이 산에서 쏟아져 내려 흔들대는 돌길로 매우 위험한 길이었다.

그런 길을 1시간 정도 넘게 올라가자 온 몸에 땀이 범벅되어 옷이 흠뻑 젖었다. 잠시 쉬기 위해 회원들이 작은 바위 위에 앉을 무렵 갑자기 바위가 아래로 미끄러지면서 다른 큰돌에 부딪히며 굉음을 내고 연기가 푹 나면서 멈췄다. 얼마나 놀랐는지 그들의 얼굴은 창백했고 보는 사람들도 아찔하고 무서웠다.

어렵게 어렵게 올라가 능선에 서니 사방팔방 다 보여 속이 시원했다. 아까 놀랐던 가슴도, 어려움도, 모두 한 순간에 싹 가셨다.

그러나 해발 707미터에 자리잡은 정상은 오르지 못하고 바라만 보다가 기도터로 내려왔다. 내가 오늘 천등산에 온 것이 세 번째였다. 그러나 정상에는 한 번도 올라가지 못했다. 첫 번째 왔던 날 정상에 오를 때 돌을 잘못 밟아 넘어져 놀란 후로는 오고 싶지 않았고 오게 되어서 오면 조심조심하다가 산행이 끝나면 무사히 넘겼다는 안도의 한숨을 토해내는 곳이기도 하다. 오늘 역시 그런 마음으로 산행을 했다. 돌아오는 길에 장수마을 뿌리 공원에 들려 수많은 성씨姓氏의 조각비를 보았다.

(1998. 7. 9)

여름이면 한 번씩 짠물에 : 만리포해수욕장

파도를 타고 시원한 바람 안고 달리는 맛이란

우리 등산팀은 해마다 여름이면 해수욕장에 간다.

몇 군데 다녀보았지만 만리포가 제일 깨끗한 것 같고 모래도 곱고 한가해서 작년에 이어 올해도 갔다. 민박집 하나 얻어서 그곳에 모든 짐을 풀고 점심을 먹은 후, 해수욕하며 백사장에서 달리기도 하였다. 아이들처럼 뛰놀며 바다에 풍덩풍덩 물놀이하는 그 마음, 어린이와 다름없이 즐거웠다.

조금 일찍 나와서 안흥 유람선을 타기로 하였다. 3개의 섬을 연결한 신항으로 향하는 관문, 신진대교를 지나 안흥 선착장에 가서 1인당 6,500원의 요금을 지불하고 배로 1시간 정도 태안반도 해안을 돌아보며 자연의 신비로움을 마음껏 누렸다.

바다 가운데 우뚝우뚝 서 있는 바위섬을 보노라면 여러 가지 형상으로 갖가지 사연을 붙여주었으리라, 부부바위가 나란히 있는가 하면 중국을 향하여 이 땅을 지키고 있다는 사자바위도 있고…….

출렁이는 파도를 타고 시원한 바람 안고 달리는 맛, 낭만적이었다.

(1998. 7. 23)

돌탑으로 유명한 : 마이산

마이산도 가고 운일암반일 암도 가고

진안 북쪽 주차장에서 층층 대를 올라 암마이봉산을 올랐 다.

얼마 전 심한 비바람에 나무 들이 뿌리째 뽑혀 여기저기 쓰 러져 있었다. 바위산에 흙이 얼 마 없으니 뿌리가 얕게 묻혀 비 바람에 뽑혀진 것이었다. 안타

까웠다. 그러니 큰 나무가 있을 리가 있나. 해발 673미터 정상에는 언제나 그늘이 없어 뜨거운 데다 오늘은 바람마저 없어 무척 더웠다.

산에서 내려와 10여 년에 걸쳐 만들었다는 80여 개의 크고 작은 돌탑이 있는 탑사를 구경하고, 주차장으로 가다가 절구통에 찧어 만드는 인절미를 사다가 회원들 모두 나누어 먹었다. 쫄깃쫄깃한 것이 옛날의 그 맛과 함께 고향집과 어머니가 떠올랐다. 대전으로 오는 도중 시간이 많이 남아서 운일암반일암에 들려 계곡의 물 속에서 첨벙대다가 왔다.

오늘은 등산도 하고 관광도 하고 계곡으로 피서도 가고 알찬 하루였다.

(1998. 8. 5)

하얀 억새꽃 속에 빨간꽃 : 화왕산

억새꽃과 사람의 어우러짐

서대구-영산-창녕 농공고등학교 앞에서부터 등산은 시작되었다.
작년에 이어 억새꽃이 유명한 화왕산을 찾아 올라가 보니 넓은 평
원에는 수많은 사람들이 억새꽃 속에 빨간 꽃을 피웠다. 넓은 억새밭
을 메운 꽃이 아름다운 것인지, 빨간 등산복을 입은 사람이 꽃인지,
어우러진 풍경들이 완전히 축제분위기를 자아내고 있었다. 건너편 산
에서는 많은 사람들이 뺑 둘러 성곽을 돌고 있었는데 그 모습이 마치
개미들이 줄지어 가듯 아주 작게 보였다.

나는 해발 757미터의 정상에 올라 하얗게 만발한 억새꽃을 보고 잠
시 임영조 시인의 「억새꽃」을 떠올리며 생각에 젖어 보기도 했다.

가을 바람 소솔한 날
산언덕에 오르니 문득
하얀 웃음소리 들렸다
어느덧 한 청춘가고
이제는 하릴없이 심심한 노인들이
야위고 시린 등을 서로 기댄 채
저마다 서걱서걱 살아온 생애
색 바랜 來歷을 자술하고 있다

　　　　　　　　　　— 「억새꽃」 본문 중에서

　하산 길은 성문을 지나 큰 소나무숲을 지나고, 가을 바람에 부드럽
게 손짓하는 억새밭을 지나 옥천 쪽으로 내려왔다.
　큰 계곡의 시원한 물소리를 들으며 내려오는 발걸음은 가볍기만
하였다.

　　　　　　　　　　　　　　　　　　　　(1998. 10. 22)

최남단 마라도를 향하여 : 한라산

깨끗한 섬, 잔디로 덮여 있는 작은 섬

눈 쌓인 한라산에 가고 싶어 겨울산행을 잡았다. 그러나 날씨가 연이어 포근해 기대를 저버린 채 새벽 5시에 출발했다.

늘푸른 관광회사에서 미리 마련한 두 대의 대형 버스로 60명이 나누어 타고 광주 공항으로 가서 대한항공 편으로 제주행 비행기를 탔다. 어젯밤에 잠을 설친 탓인지 비행기에 오르자마자 잠이 쏟아졌다. 귓가에 윙~하는 소리와 내가 지금 비행기를 타고 공중에 있다는 사실만 실감할 뿐 아무런 설렘과 두려움도 없이 눈을 감고 잠을 청했다.

얼마 후 "잠시 후에는 제주 공항에 도착될 예정"이라는 방송이 들렸다. 우리는 질서정연하게 공항을 빠져 나와 미리 대기한 버스를 타고 마라도로 가기 위해 40분 가량 달려 남제주로 갔다. 근처 식당에서 점심을 먹고 시원한 바다를 바라보며 송악산 해변 도로를 걸었다.

2시 30분. 관광 유람선을 타고 마라도에 갔다. 나는 맨 위 선상에 올라 시원한 바람을 안고 수평선을 바라보며 답답한 가슴을 시원스레 털어 내었다. 힘차게 물살을 가로질러 가는 뱃머리에 부딪힌 바닷물이 하얗게 부서지며 햇빛에 반사되어 찬란했다.

크고 작은 섬들을 뒤로하고 최남단 마라도에 도착하는 순간 너무나 감격스러웠다. 너무나 깨끗한 섬, 등대가 있고 나무라고는 소나무만 몇 그루 있을 뿐, 잔디로 덮여 있는 작은 섬, 바닷가 바위들은 모두 구멍 뚫린 새까만 암석으로 되어 있어 그 하나 하나가 모두 조각품이었고 신기하기만 하였다. 아쉬웠다면 단지 그곳에 음식점이나 민가가 있어 주변 경관을 해쳤다는 것뿐······.

마지막 4시 배를 타고 나와 신제주의 서광호텔에 와 짐을 풀고 쉬었다. 내일 1월 28일은 한라산을 등반한다.

28일 새벽 6시. 한라산을 향하여 성판악 휴게소에서부터 산행이 시작되었다. 시내에서는 전혀 볼 수 없었던 눈이 이곳 해발 750미터 고지에 이르니 하얗게 쌓여 있었다. 아 눈을 밟고 걸을 수 있겠구나!

손전등을 들고 산에 오르는데 이게 웬일인가? 눈이 녹아 내린 물이 꽁꽁 얼어붙어 작은 돌멩이길이 되어 무척 미끄러웠다. 하지만 모두들 숙련된 걸음으로 한 발 한 발 조심스레 걸었다.

서서히 날이 밝아 왔다. 우리 회원들 얼굴이 보이고 눈 쌓인 주변의 경치가 드러났다. 모두들 땀을 닦으며 윗옷을 하나씩 벗고 뽀드득 뽀드득 눈 덮인 산길을 걸었다.

진달래 대피소를 지나 마지막 정상에 닿을 무렵, 뒤돌아서서 우리가 걸어온 길을 뿌듯한 마음으로 바라보았다. 맑은 하늘엔 구름 한 점 없고 파아란 바다와 제주 섬 전체가 깨끗하고 선명하게 보였다. 어제와 오늘 날씨가 이렇게 좋을 수가…… 정말 우리는 축복 받은 사람들이었다. 이런 날들이 일년 내내 드물다는데, 순간 너무 좋았으나

한라산 정상에서

두려운 생각도 조금 들었다. 호사다마라고 무슨 일이 있지는 않을까? 조심해야지. 저번 울릉도에서 날씨가 좋아 이틀을 등산과 관광을 100% 성취하고도 돌아올 때는 생사의 기로에 섰지 않았는가. 그때도 날씨가 너무 좋다고 이구동성으로 말했었다. 좋아도 너무 좋은 척 하면 안 된다는 구 총무님의 암시였다.

11시. 드디어 우리 팀 모두가 해발 1,950.1미터의 정상에 도착하였다. 백록담에는 물이 마르고 눈만 쌓여 있어 분화구만 바라보는 느낌만 들었다. 정상의 푯말에 붙어 기념 사진을 찍느라 줄을 이어 발을 디딜 틈도 없이 복잡하여 바로 하산 길을 서둘렀다. 아이젠을 끼고 방수복을 입고 급경사 진 얼음길을 미끄럼 타며 내려가는데 두 발은 브레이크처럼 작동하고 두 손으로는 땅을 짚으며 내려왔다.

관음사 주차장에 도착하니 4시. 아무 일 없이 무사히 왔구나 했더니, 회장님 친구 한 사람이 정상 못 미처에서 떨어져 고생고생 끝에 성판악으로 도로 내려갔다는 소식이 왔다. 어쩐지 이상한 예감이 들더니…….

우리는 다시 성판악으로 가서 그분을 만나 호텔로 왔다.

무한대로 펼쳐있는 구름밭을 보며

성산 일출봉에 올랐다. 성산 일출봉은 금관 모양으로 분화구가 백록담보다 더 커 보이며 99개의 뾰쪽뾰쪽한 괴석으로 되어 있었다. 오늘도 역시 날씨가 좋아 기분이 상쾌하였고 먼 곳까지 잘 보여 만족했다. 점심은 그 주변의 뚝배기집에서 모듬회와 광어회를 맛있게 먹고 수협에 들려 식구들의 구미에 맞는 마른 생선을 구입했다.

어느새 하늘엔 먹구름이 오락가락하며 비가 올 것같이 흐려졌다. 비행기가 뜨자마자 구름 속을 가로질러 올라가더니 또 하나의 아름다운 세계로 우리를 인도했다. 나는 무한대로 펼쳐져 있는 구름밭을 보며 입을 다물지 못했다. 강렬한 햇빛에 비친 구름은 하얀 눈밭처럼 끝도 없이, 완전히 지구를 덮어 버렸다. 아래는 잔뜩 찌푸린 날씨인데, 마지막 비행기에서까지 신기한 자연의 현상을 보여 주는구나. 한참 동안 바라보고 있노라니 이상한 나라에 온 것 같았다. 너무나 고요하고 삭막해 보여 생명이 없는 나라에서 혼자 헤매는 것 같았다.

어느덧, 광주에 도착. 비행기가 구름밭을 빠져 내려오니 금방 일어났던 신비의 세계는 자취를 감추고 어둠침침한 땅거미가 지고 있었다. 나는 금세 현실을 받아들이며 소지품을 챙겨 차에 올랐다. 차내에서는 2박 3일 간 있었던 각자의 느낀 소감을 발표하는 등 시간 가는 줄 모르고 대전에 도착하였다.

　나는 이번에도 또 하나의 아름다운 추억을 더듬어 글을 모아 보았다. 먼 훗날 이 글을 읽고 젊음을 느끼며 빙그레 미소를 지으며, 그래서 영원히 마음은 늙지 않는 젊은 산사람이 되리라.

(1999. 1. 27～29)

합천 해인사도 보고 : 가야산

남자산으로 강하게 보이는

백운동 온천마을에서 산행은 시작되었다. 계곡의 맑은 물이 깨끗하고 시원하게 흘러, 길따라 계곡따라, 물소리 새소리 들으며, 활짝 핀 진달래꽃을 보면서 오르니 기분이 상쾌했다.

조망이 보이는 능선에 올라서서 올라왔던 산을 내려다보니 여기저기 능선길에 푸른 소나무 속에서 드러난 뾰족뾰족한 바위들의 모습이 무척 아름답게 보였다.

첫 번째 암봉을 올라가니 수백 미터 낭떠러지가 있어서 무서워 살살 기어 내려왔다. 두 번째 해발 1,430미터의 정상에는 사다리가 놓여 있어 안전했다. 날씨가 맑아 먼 곳까지 잘 보였다. 정상에 서서 언제나 순하게 보이는 산들을 보면서 숙연한 마음을 가졌다. 나는 처음에

이 산을 남자산으로 표현했다. 무언가 강하고 위엄이 있어 보여 남자의 인상을 풍겼기 때문이었다. 하긴 나뿐만 아니라 다른 사람들도 그렇게 말했다.

오늘 이 산은 지난 번 남편과 왔을 때와는 전혀 다른 모습으로 내게 다가왔다. 그때는 하얀 눈으로 덮인 산과 시커먼 바위만 보여 더 높고 거친 산으로 보였는데, 오늘 보니 푸른 소나무와 매끄러운 바위들의 어울림이 참 아름다웠다. 그래서 산은 계절마다 아주 다른 모습을 연출하여 새로운 느낌을 주는 것 같다. 내려올 때는 해인사로 왔다. (산행시간 : 6시간 20분)

(1999. 4. 15)

어디로 올라가나 멀고도 높은 : 덕유산

어렵게 올라가야만 느낌도 새로워

전북 무주군 안성면 자연학습원으로 가서 향적봉에 올랐다.

7년 전, 내가 처음 등산하던 날도 이곳에서 산행을 시작했었다. 그때는 멀고도 높았던 산으로 기억되는데 그곳을 오늘 다시 간 것이다.

먼저 출발한 회원들 중 과반수가 칠연폭포로 올라가서, 내려오기를 기다렸다가 같이 출발했다.

동엽령까지는 나무 그늘로 시원해 어려운 줄 모르고 올라갔다. 능선으로 접어드니 5월의 햇볕인데도 무척 따갑고 더웠다. 나뭇잎은 이제야 연두색 꽃잎이 나와 싱그러움을 더해 주었고 숲 속에는 어린 산나물이 좌악 깔려 있었다. 그러나 산나물 채취금지라는 푯말이 눈에 들어와 나물은 뜯지 않았다. 생각보다는 어렵지 않게 또 다시 해발

1,614미터의 정상에 올라서서 높은 산에 올라온 감격을 맛보았다. 처음 올라왔던 그 때보다 7년 후에 다시 와보니 오히려 쉽게 올라와 내심 기뻤다.

바로 저 아래, 얼마 전 곤도라를 타고 올라갔던 설천봉이 보였다. 산꼭대기에 지어 놓은 팔각정과 휴게실이 깨끗하게 보였다. 그래도 정상과의 통로 길을 막아서 매우 다행스런 일이다. 만약 그 길을 막지 않았다면 덕유산의 진가는 뚝 떨어졌을 것이다. 이렇게 어렵게 올라와서 봐야만 산의 진리를 터득할 수 있게 되고 또한 모든 게 새롭게 보이고 느낌도 많아진다. (산행시간 : 8시간)

(1999. 5. 13)

여덟 봉으로 된 암봉 : 팔봉산

돌 틈에 끼어 한참을 고생

산이 높지 않으면서도 1봉에서 8봉까지 오르락내리락 하는 산행이라서 그런지 여간 재미있는 것이 아니었다.

조금은 난코스가 있어 더욱 재미있었고 4봉을 오르기 직전에는 큰 돌 틈을 빠져나가는 산부인과바위가 있었다. 요령이 없으면 빠져나가지 못한다. 몸이 좀 뚱뚱한 회원은 그 돌 틈에 꼭 끼어 한참을 고생하고 나서야 나왔다.

마지막 여덟 봉(302미터) 길은 암벽을 타고 오르는데 아슬아슬했다. 초보자는 위험하여 7봉에서 하산해야 한다. 하산 길도 직코스로 험준하고 위험했다. 내려오니 맑은 물이 흐르는 홍천강이 유유히 흐르고 있었다. 우리는 강물을 보고 옆길로 갈 생각은 안 하고 주차장을 바라보면서 무조건 등산화를 벗어 들고 강을 건넜다. 아! 시원하면서도 아이들처럼 즐거운 표정들. 이런 곳에 이렇게 재미있는 산과 강이 있는 줄 오늘에라도 알았으니 이 얼마나 행복한 일인가.

(1999. 7. 8)

내가 본 백두산·1 : 중국과 백두산

5박 6일 간의 기행문

천지 속에 그림자로 비친 백두산은 천지가 백두산을 품고 있는 듯

백두산! 우리의 영산靈山인 백두산! 동틀 무렵 온갖 힘을 다해서 마천루에 올라서는 순간, 광대하게 펼쳐진 백두산과 한치의 미동도 없는 천지는 깊은 잠에 든 것처럼 고요하고 엄숙했다.

나는 벅찬 가슴으로 이렇게 외쳤다.

"장엄하고 위대하구나! 저 펼쳐진 백두산,
하늘보고 서 있는 수많은 봉우리
천지를 에워싼 모습은 열두 폭 병풍이어라

고요하고 엄숙한 나라
한 치의 요동도 없는 천지에는 또 다른 백두산
흰 구름과 함께 나란히 누워 있네.”

대전 YWCA 등산 5개팀 중에 우리 C팀과 상록수, 그리고 호산나
팀과 함께 51명의 회원들이 출발했다.

중국 심양으로 가서 다시 국내선 비행기를 타고 밤 9시에 도착한
곳은 연변에서 가장 큰 대우호텔. 이 호텔은 우리 나라 ‘대우’에서 건
축한 건물로서 주로 외국손님을 유치하는 최고급 호텔로 이용되는 것
같았다. 우리 나라의 뷔페 음식으로 차려놓고 가수와 무용수들의 노
래와 춤으로 우리를 환영해 주었다.

이튿날 2일째

연변에는 우리 조선족이 85만 인구인데 이곳 연길에서 만도 30만
명의 많은 교포가 살고 있었다. 그래서인지 상가의 간판도 거의가 우
리말이어서 한국에 있는지 중국에 있는지 모를 정도였다.

우리는 북한 땅의 회령시가 보이는 전망대를 가기 위해 용정을 지
나고 야산을 지나 비포장 도로를 달리던 중 지도에서나 보고 노래에
서나 들었던 두만강을 보았다. 이북 실향민들만이 아니고 우리 나라
사람이면 누구나 “두만강” 노래를 즐겨 부르며 자기 고향을 생각케
하는 그 두만강, 생각보다는 작은 샛강으로서 중국과 북한의 국경선
이었다. 마음대로 건널 수 없는 두만강아! 아는가 모르는가 그대 이름
부르며 마음을 달래는 그 목소리 들리는가. 말없이 흐르는 슬픔의 눈

물인 듯 유유히 흐르고 있었다.

두만강 건너 큰산들은 산봉우리만 남고 8부 능선까지는 밭을 일구어 무엇을 심었는지 바둑판 같이 다듬어져 있었다. 그것 하나만 보아도 북한의 식량문제가 심각하다는 것을 알 수 있었다.

북한의 희령시가 보이는 조그마한 동산의 전망대로 올라갔다. 북한으로 건너가는 두만강 콘크리트 다리 위로 이따금씩 왕래하는 트럭과 경비병 몇 명만 보일 뿐, 회령 시내에는 변전소 같이 전봇대만 얼기설기 보이고 왕래하는 차도, 사람도 보이지 않아 참 이상한 느낌을 받았다. 같은 동포가 사는 내 나라인데 마음대로 갈 수가 없으니 착잡한 마음이 들었다.

오면서 용정의 '윤동주 시인'이 자랐던 생가에 가서 공적비에 참배를 했다. 꿈을 제대로 펼쳐보지 못하고 억울하게 옥살이하다 죽은 멋진 시인 청년, 그의 시는 읽을 때마다 가슴에서 무언가 꿈틀댄다.

거기서부터는 계속 백두산을 향하여 달리기 시작했다. 일송정이 있는 비암산, 혜란강을 버스에서 바라보면서 갔다. 그 때의 일송정은 죽어 없어지고 다시 심었다고 했다.

금강산도 식후경이라는 말이 있는데, 시장에 가서 과일이나 살까 하고 들어갔다. 이것이 어느 시대인가? 봉탱이진 오이와 주먹만한 개구리참외와 길쭉한 수박을 광주리에 담아 놓고 파는 풍경이 옛날 50년 전 우리 나라의 시골 장터 모습 그대로였다. 어린아이들은 백두산 등산로가 그려져 있는 수건을 갖고 졸졸 따라다니며 사생결단으로 덤벼들며 사기를 권했다.

가도가도 끝이 없는 길이었다. 날은 이미 저물어 캄캄해진 밤. 불빛

하나 없는 울퉁불퉁한 숲 속 길을 한없이 달렸다. 이 길은 큰 나무를 실어 나르는 임도로서 얼마 전에야 겨우 버스가 다닌다 했다.

우리 차 두 대의 불빛이 칠흑 같은 어둠을 뚫고 8시가 넘어서 6시간 여 만에 송강하 백운산장에 도착했다. 산장은 새로 지어 지난 6월에 오픈해서 아주 깨끗하였다.

광대한 산등에는 야생화 천국으로 천상의 화원

다음날 3일째

백두산의 서쪽 산을 등산하면서 금강 폭포를 보기 위해 버스로 2시간을 달렸다. 큰 비로 인해 땅이 한 길 씩은 되게 갈라져서 차가 빠질까봐 아슬아슬했다. 결국은 도중에 내려 걷기 시작했다.

산장의 위치가 해발 1,400미터, 이곳은 그 보다 더 높은 산인데도 산봉우리는 하나 없고, 어마어마하게 큰 분지형태로 되어 있는 곳이 군데군데 있으며

금강 폭포에서

광대한 산등에는 나무하나 없이 푸른 초원에 이름 모를 야생화만이 만발하였다.

금강폭포에 도착하니 수십 미터의 폭포수가 하늘에서 떨어지듯 2층, 3층으로 돌 위에 떨어지면서 하얗게 부서져 내렸다. 아주 우렁찬 소리를 내며 시원하게 쏟아져 내렸다. 우린 폭포수를 바라보고 물안개 속에서 싸 가지고 온 도시락을 먹은 후 다시 오던 길로 내려와 4시간 30분이 걸린 산행을 마쳤다.

금강 대협곡으로 이동했다. 깊이가 80미터가 되는 협곡 사이에 대리석 같이 매끄러워 보이는 여러 형태의 돌기둥은 신이 빚어낸 작품인 듯 했다.

백두산은 천재지변도 어마어마하고 모든 것이 광범위하다는 것을 느꼈다. 다시 어제 묵었던 백운산장으로 와서 쉬었다.

백두산을 향하여!

4일째 새벽 2시. 창문을 열고 하늘을 본다. 다행히 어젯밤에 주룩주룩 내리던 비는 그치고 캄캄한 새벽 하늘엔 뿌연 안개가 끼여 온 대지가 촉촉한 새 봄날 같은 기분이 감돌았다.

간식과 물, 우비 등 만반의 준비를 끝내고 3시 30분쯤 51명의 등산회원들은 버스를 타고 캄캄한 새벽길을 나섰다. 불빛도 민가도 없는 깊은 산길로 한 시간쯤 가다가 다시 트럭으로 옮겨 타고 덜커덩 덜커덩 대며 울퉁불퉁한 오르막길을 한참 동안 갔다. 그 때 날이 훤하게 밝아 오면서 주위가 보이기 시작하는데 산은 나무 한 그루 없는 크나큰 민둥산이었고 아주 작은 들풀과 야생화로 끝없는 초원을 이루었다.

5시. 트럭에서 내려 바로 앞에 있는 큰 산등성이를 올라가기 시작하였다. 처음부터 아주 가파른 오르막길이어서 다리도 아프고 숨이 차서 힘들었지만 각오했던 바 고진감내苦盡甘來를 떠올리며 올라갔다. 그렇게 50분쯤 오르니 북한과 중국의 국경지대인 마천루(해발 2,691미터), 그곳에 올라서는 순간 바로 눈앞에 천지가 있고 수많은 백두산의 연봉이 쫙 펼쳐져 있었다.

펼쳐진 백두산과 천지를 보는 순간 너무나도 고요하고 엄숙한 아침의 나라를 보았다. 물은 한 치의 요동도 없고 삥 둘러싸인 백두산은 천지 속에 긴 그림자로 들어가 누워서 꼼짝도 않는 모습이 잠자고 있는 것 같았다. 물과 산이 한데 어우러져 있는 천지는 거울 속을 들여다보듯 선명하고 맑았다. 건너편에 보이는 최고봉인 장군봉과 뾰쪽뾰쪽한 산봉우리는 구름에 가려 살짝살짝 모습을 드러내는데, 아주 기세가 당당하게 보이며 천지를 에워싸고 있는 폼이 남자의 늠름함처럼 듬직해 보였다. 비를 몰고 다니는 짙은 구름도 동녘의 빛을 받으며 백두산 앞에서 춤을 추듯 아름답게 빠른 속도로 움직였다.

그립고 그리웠던 백두산! 지척에 두고도 이렇게 수억 만리 이국 땅에 와서 바라보게 되다니……. 최고봉인 장군봉(2,750미터)엔 언제나 가볼까! 북한과 중국의 국경선은 가느다란 철사 줄로 땅에 늘어져 있고 우뚝 세워놓은 나무 기둥에는 '장백산 천지, 백두산 천지' 라고 빨간 글씨와 파란 글씨로 나란히 쓰여 있었다.

나는 경계선을 넘어 우리 땅을 밟아보며 기뻐했다. 그리고는 몇 발짝을 더 가서 우리 나라 백두산에 올라 왔다는 감격을 맛보았다.

국경선에서

땅과 땅이
가느다란 철사 하나로 경계를 알리고
긴 나무판에
백두산 천지 장백산 천지 나란히 써서 세워 놓고
두 나라의 경계선임을 알려 주었다
오른발은 북한 땅이요
왼발은 중국 땅이요
이쪽 저쪽 다 밟았으니
두 나라를 밟고 섰다. 그러나
아무도 없었다
안개의 장벽마저 없었다.

6시. 51명 중 자신 없는 사람 네 명은 왔던 길로 도로 내려가고, 우리는 목적지를 향해 걷기 시작했다. 청석봉에 도착해서 등정식을 가졌다. 우리의 백두산을 바라보며 애국가를 부르고, 만세를 부르고 나니 애국자나 된 듯 가슴이 뭉클하고 눈시울이 뜨거워졌다.

천지 옆 난간에서 싸 가지고 온 아침 도시락을 먹고 서둘러 멀리 보이는 백운봉(2,691미터)을 향하여 출발하려 하던 때 신기한 일이 일어났다. 천지 속에 둥그런 보름달이 떠 있어 해가 비쳤나 하고 하늘을 보았으나 짙은 구름으로 덮여있어 빛은 조금도 새어 나오지 않았다. 아무리 하늘을 보고 천지를 보아도 이해가 되지 않는 신기한 그때의 일을 지금도 무슨 이치인지 풀지 못했다. 가이드의 말에 의하면 해마다 8월이면 사고가 나거나 이상한 일이 일어났지만 이런 희한한 현상은 12년이래 처음이라고 했다.

시커멓고 푸석한 돌과 들풀을 밟으며, 위험한 내리막길을 2시간이나 걸려 내려왔다.

온 산 전체에 들풀과 야생화가 깊이가 한자나 되게 쌓여있어 융단을 깔아 놓은 듯 푹신푹신 했다. 바위 뒤에 숨어 홀로 피어 있는 분홍색의 산 양귀비꽃은 사연이 많은 가냘픈 여인같이 애처롭게 보였다. 연노랑색 만병초, 미색으로 핀 게감채꽃, 담자리꽃, 엉겅퀴꽃 등은 피었다 지는 상태이고 그밖에 이름 모를 꽃들이 꽃방석을 이루어 마치 하늘 나라를 걷는 듯 황홀했다. 나는 그 아름다움을 「들풀과 야생화」란 제목으로 다음과 같이 시로 썼다.

> 해발 2,600미터 고산지에
> 실낱같이 가느다란 몸매와
> 아주 작은 키로 꽃을 피운 야생화
> 천지의 기력을 받고 자람인가
> 온 산에 꽃무늬로 된
> 녹색 융단을 깔아 놓았네
> 섭씨 영하 40도를 오르내리는 강추위에도
> 오뉴월 뙤약볕에도
> 비바람에 찢기는 상처에도
> 살아남은 그 강한 침묵.

야생화 핀 백두산은 아마도
구름이 가꾸시는 하나님의 꽃밭인가 보다.

천지 쪽에서 흘러내리는 계곡의 맑은 물에 손을 적시면서 다시 2시간 30분 정도 올라갔다. 오르막길에서 고산증에 약한 나는 그 증세가 내 몸에 온 것을 느꼈다. 졸리고 귀가 시리고 힘이 들었다. 그러나 말레이지아 코타 키나바루 산에서 고산증에 시달려 고생했던 때를 생각하며 내 한계를 가늠할 수 있어 마음에 여유까지 가졌다.

백운봉에 도착하니 비가 부슬부슬 내리기 시작했다. 점심을 빗물에 말아먹고 출발하려는데 또 다른 신기한 풍경을 보았다. 하늘에만 떠 있던 무지개가 아래서 밀려오는 구름 위에 쌍무지개로 떠 있었다. 바로 손에 잡힐 듯, 몇 미터 앞에 선명하게 있어 모두들 환호성을 쳤다. 중국인들은 무지개를 보면 3년은 재수가 좋다면서 무지개를 매우 좋아한다고 했다. 정말 우리도 축복 받은 사람들임에 틀림없었다.

천지의 가장자리는 용암이 분출된 모습이 그대로 하늘까지 뻗어 있고 깎아지른 절벽은 푸석푸석한 흙 같지만 보는 것과는 달리 매우 단단해서 무너지지 않는가 보다.

우리는 마지막 천지 옆의 넓은 초원에서 기념 사진을 찍고 하산하기 시작하였다. 그러나 심술궂은 비가 또 내리기 시작하였다.

천지 아래의 산등에는 얼음덩이가 아직 녹지 않아 거북이 등같이 바둑판을 이루었고, 산 가운데의 계곡에서 흘러내리는 옥벽폭포는 너무도 아름다워 발길과 눈길을 멈추게 하였다. 천지 아래에서부터 흘러내리는 하얀 물줄기는 마치 하얀 옥양목 필을 깔아놓은 듯이 희고 아름다웠다. 비는 점점 많이 내려 옷과 등산화가 흠뻑 젖었다. 일행 47명 전원이 장백폭포가 있는 쪽으로 하산해서 10시간이나 걸린 산행을 무사히 마치고 유황온천의 뜨거운 물에 피로를 풀었다.

다음날 5일째

68미터의 낙폭이 있는 장백폭포를 보고 또는 그 뒤의 웅장한 산을 보고 어마어마함에 또 놀랐다. 낙반사고로 인해 출입이 금지된 산을 올려다보니 나무 한 그루 풀 한 포기 없는, 금방 허물어질 것 같은 무시무시하게 큰 산이었다.

백두산! 누구든 한 번 가보라고 권하고 싶다. 천지를 둘러싸고 있는 2,600미터 급의 외륜봉이 16개나 되는 그 수많은 봉우리와 그 많은 산을 받들고 있는 천지, 곳곳에 수십만 평이나 되는 분지와 야생화 천국, 그 속에서 단 몇 일이라도 기거했다는 것, 무엇과도 바꿀 수 없는 신이 나에게 준 가장 큰 선물로 생각했다.

건강한 몸을 주서서 이곳에 올 수 있게 하신 하나님, 부모님과 나를 항상 배려해주는 남편에게 감사하다는 생각이 절로 우러났다.

(1999. 8. 19)

교포들과의 만남

우리는 한국을 아버지 어머니라 부른다

중국의 심양 국제공항에 도착하여 대합실에서 나오는데 우리를 기다리는 가이드가 푯말을 들고 서 있었다. 우리를 보자 "오시느라 수고가 많으셨습니다" 꾸벅 인사를 하고는 미리 대기한 전세 버스로 안내했다.

버스에 오르자마자 청년은 심양의 변천사와 발전한 시가지를 소개하며 자랑하듯 신이 나게 설명하는데 말할 때마다 우리 중국은…….
우리 심양은……. 을 꼭 붙이며 억양이 강한 북한 사투리로 말했다.
우리 나라에서는 보통으로 들렸던 이북 말이 낯선 중국 땅에서 들으니 저런 사람이 말로만 들었던 그 조총련인가 그런 생각이 들어 관심이 쏠렸다. 그런데 우리는 몇 시간 후 심양에서 다시 비행기를 타고 연길로 가는 바람에 그 가이드와 헤어지고 다시 젊은 청년을 만났다. "안녕하세요? 여기까지 오시느라 수고가 많으셨습니다. 피곤하시지요?" 귀에 익은 우리 인사말 그대로였다.

그 청년도 버스로 안내하고는 오르자마자 짜여진 각본대로 그곳의 역사와 지리, 우리 조선족에 대하여 유창하게 말했다. 그 청년은 우리 중국, 우리 심양이라는 말은 전혀 하지 않고 우리 한국은……. 여기 중국은……. 그런 식으로 말을 하며 완전히 서울 표준말을 썼다. 물어보진 않았지만 그의 할아버지께서는 자손들에게 한국말을 똑똑히 가르쳐 준 것이 틀림없었다.

중국에는 우리 조선족이 200만 명이나 살고 있는데 연길시에만도 30만 명이 살고 있었다. 연길의 거리는 한국에 있는지 중국에 있는지 모를 정도로 상가의 간판도 모두 한국 간판 그대로이고 아래에 조그마하게 중국어로 토를 달았다.

나는 내심 놀랐다. 이렇게 많은 우리 민족이 중국에서 터를 잡고 뿌리를 내리고 살기까지 얼마나 고생이 많았을까? 그리운 고향을 지척에 두고도 가족들의 소식조차 모르고 살 때 얼마나 외롭고 괴로웠을까? 이곳에 와서 그들을 직접 보고 나니 전쟁이 남기고 간 상처로 인해 많은 사람들이 아픔을 겪고 살아왔음을 짐작할 수 있었다. 해방이 되어 기쁨은 잠시고 오도 가도 못하는 남의 나라에서 내 조국, 내 고향, 내 가족이 얼마나 그리웠을까?

말로만 듣던 때와는 달리 그 사람들을 직접 대하고 나니 너무나 애처로워 보였고 그들 모습에도 그리움이 배인 듯 우수가 가득 차 보였다.

그래도 그들은 언젠가는 고국 땅에 와 보고 가족을 만난다는 희망 속에서 살아왔을 것이다. 그러나 너무 오랜 세월을 기다리다 가슴에 숯덩이만 남긴 채 영영 돌아오지 못하고 그곳에 잔뼈를 묻고 사는 이들이 상당수가 있을 것이다.

젊은 가이드가 "우리는 한국을(남한과 북한) 아버지 어머니라고 부른다. 부모들이 서로 싸워서 잠시 헤어져 있으며, 부모들이 빨리 화해해서 찾아주길 기다리며, 버린 자식이 되어 1세기를 살아왔다. 이제는 이곳 우리 조선족들은 홀로 서서 똘똘 뭉쳐 열심히 잘 살고 있다. 부디 고국에서 부끄러운 소식 들리지 않게 살아 주신다면 우리는 더욱 떳떳하게 살 수 있다"는 의미 있는 말을 할 때 그의 눈동자는 빛이 나고 애수에 찬 눈빛이었다. 나는 그의 말에 가슴이 뭉클하여 콧등이 찡해 왔다.

그런 말을 열심히 하고 듣는 가운데 용정의 윤동주 시인이 살았던 마을에 닿았다. 이 마을은 우리 나라의 두만강에서 얼마 안 떨어진 우리 민족만이 사는 산촌의 농가 마을이었다. 언뜻 보아도 농사만 지어 생계를 하자니 어려웠던 우리의 과거가 아닌가 싶었다.

들어가는 길목의 나무 아래에 쪼그리고 앉아 있는 초라한 노인이 보였다. 나는 작품 사진을 찍어보려는 요량에 "할아버지 사진 한 장 찍어도 될까요?" 물으니 고개를 끄덕끄덕 하시길래 사진 한 장을 찍었다. 그런데 그 할아버지가 정상이 아니었다는 것을 늦게서야 알고는 '내가 잘못했구나' 싶었다. 저 노인도 젊은 시절에 무슨 사연이 많았겠지, 세상살이가 얼마나 힘이 들었으면 정신을 빼앗겼을까? 누구에 의해서 저리 되었을까? 너무나 불쌍하고 빈곤해 보여서 "할아버지

이걸로 맛있는 과자 사 잡수세요"하고는 돈을 드리니 얼른 받으셨다.

나는 윤동주 시인詩人의 생가에 가서 공적비를 보고 방명록에 사인하고 나오면서, 나에게도 조금은 애국심이 가슴속에서 끓어오르는 것을 느꼈다.

이번 여행에서 다섯 명의 가이드와 6일 동안 같이 지냈다. 한 청년만 이북 말씨였고 네 사람은 서울과 경상도 말씨여서 가까운 친척을 만난 듯 친절하게 잘 지냈다.

우리 3세들이 열정적으로 일을 하고 있는 모습이 무척 예뻐 보였고 부모 자식간의 나이로 만나 금세 정이 들어 자식같이 사랑스러웠고 미더워 보였다. 떠나올 때 그들과 우리는 헤어지기 아쉬워 손을 잡고 놓을 줄 모르고 눈물을 흘렸다.

"씩씩하게 살아요. 한국에 오면 꼭 연락하고 찾아와요." 입은 옷 벗어주고, 여행 가방과 등산화도 벗어주고, 비옷도 주고, 싸 가지고 갔던 초콜렛, 고추장, 라면 모두 모아서 가방에 담으니 큰 가방에 차고 넘쳤다. 인정과 사랑과 애국심도 가방에 가득 차고 넘쳐서 흐뭇했다.

(1999. 8. 16~21)

통영의 사량도 : 지리산·불모산·옥녀봉

가파른 능선과 짙푸른 바다를

　새벽 5시 10분. 대전 YWCA 5개 등산팀 207명이 버스 4대로 통영에 갔다. 창녕 선착장에서 10시에 배를 타고 사량도에 도착했다. 사량도는 뱀 같은 형상으로 섬을 이루었고 옛날에 뱀이 많아 붙여진 이름이라 한다.

　비가 온 끝이라 개울과 길 위에까지 물이 넘쳐흘러 질펀한 길을 걸었고 습도가 많아서인지 모두들 힘들게 능선에 올랐다. 능선에 올라가서부터는 시야가 탁 트여 시원한 남해 바다를 보며 걸었고 또한 등산로가 재미있어 어려움을 모르고 올라갔다. 그러나 여러 개의 봉우리가 높고 골이 깊어 등산은 만만치가 않았으며 어느 봉우리 하나라도 빼어놓을 수 없을 정도로 절묘하고 매력이 있는 산이었다.

지리산, 불모산, 작고 큰 봉우리 여러 개를 넘고 마지막 옥녀봉은 20여 미터쯤 되는 높은 절벽으로 줄을 잡고 올라갔다가 다시 낭떠러지 길로 내려가고 또 올라가서야 암봉으로 된 해발 399미터의 정상에 섰다. 이 옥녀봉은 옛날 어느 처녀가 욕정을 못 이기는 아버지를 피해 이곳으로 올라와 몸을 던졌다는 전설이 있는 바위였다. 뾰족한 암봉에 혼자 우뚝 서 있으니 아찔아찔하고 간담이 서늘해졌다. 그러면서도 온 세상을 볼 수 있으니 바로 하늘에서 내려다보는 신선 같은 마음이 들었다. 잠시 후 흔들대는 사다리 줄을 타고 내려오는데 아슬아슬한 게 스릴 만점이었다. 바다 속 섬 안에 이렇게 좋은 산이 있을 줄이야, 이제야 알았다.

전문 산악인이 아니면 산행이 힘든 산으로 시간도 6시간이나 걸렸다. 물론 많은 사람이 줄지어 다니니 시간도 많이 걸렸다.

우리는 사량면 금평선착장이 있는 작은 바닷가 마을로 내려와서 대기하고 있던 관광선을 타고, 올 때는 남해안을 돌면서 바닷가 경치를 보았다. 쌍족암 병풍바위, 희귀한 바위들이 병풍처럼 둘러있었다. 삼천포 화력발전소는 바다 속에 떠있는 것처럼 보였으나 가까이에서 보니 매우 웅장하였다.

오늘은 꽉 찬 일정으로 아주 알찬 하루였다. 매우 흐뭇하다.

(1999. 9. 7)

제 4부

하루종일 구름 속에서

하루 종일 구름 속에서 : 설악산 · 3

하루 종일 한치 앞도 보이지 않는 구름 속에서

오늘은 설악산 주전골에 가서 가볍게 산책하고 내일은 서부능선을 등산하기로 했다.

오색약수터에서 설탕 빠진 사이다 같은 물을 마시고 주전골로 들어갔다. 주전골이 좋다는 말은 이미 들어 알고 있었지만 맑은 물이 흐르는 계곡을 따라 올라가는 이곳의 산수가 이렇게 수려할 수가 없었다. 양 옆에 수십 미터 절벽을 이룬 암석이 하늘을 받쳐들고 마치 협곡 속을 걷듯이 끝이 보이지 않았다. 중간중간 바위틈에 자생하고 있는 나무는 단풍으로 곱게 물들어 있었는데 그 모습은 정말 신기하고 아름다웠다.

1시간 정도 비경 속을 걸어 올라가니 큰 길에 차가 기다리고 있었

다. 그 차를 타고 굽이굽이 한계령 고개를 지나 장수대 산장으로 갔
다. 짐을 풀고 저녁밥을 해 먹는 동시에 아침밥까지 준비해 놓고 산장
의 넓은 마당에서 "강강수월래"를 하며 즐거운 시간을 보냈다.

다음날 새벽 5시

한계령까지 차로 올라가서 거기서부터 산행을 시작하였다. 손전등
하나씩 들고 별빛도 불빛도 하늘도 보이지 않는 캄캄한 숲 속 길을
50여 명이 꼬리에 꼬리를 물고 걸어갔다. 큰 산을 오르고 다시 내려가
고 다시 오르고 그러기를 2시간 정도, 어느 정도 능선길로 접어들었

설악산 대승폭포에서

는지 대청봉과 귓때기봉의 갈림길이 나왔다. 우리는 귓떼기봉 가는 길로 들어섰는데 뒤를 따라오던 다른 사람들은 모두 대청봉으로 갔는지 불빛도 없어지고 두런두런 소리도 뚝 그쳤다.

날이 밝아오지만 잔뜩 흐린 날에다 안개비까지 내렸다. 우리는 몇 미터 앞도 보이지 않는 구름 속을 걸었다. 바윗길이 젖어서 무척 미끄러워 여간 조심스러운 게 아니었다.

어려운 코스가 여러 군데 있었다. 뾰쪽한 암봉을 안고 돌아야 하는 곳도 있고 줄을 잡고 좁은 곳을 빠져 올라가야 되는 곳, 줄 타고 낭떠러지 길 가기, 줄을 놓치면 큰 일인데 어쩔 수 없이 내려가야 했던 곳, 설악산을 여러 코스로 다녀 보았지만 이번처럼 어려운 길은 처음이었다.

산 아래쯤 내려오니 단풍이 절정이었다. 햇빛이 쨍쨍하였다. 사람들의 말에 의하면 하루 종일 맑았다는 것이다. 그래서 우리가 다닌 산을 올려다보니 하얗게 구름덩이 속에 묻혀 있었다. 하루 종일 저 구름 속을 헤매다가 내려왔다고 생각하니 무척 신기했다.

장수대에 도착할 무렵, 시원한 대승령 폭포가 눈길을 끌었다. 길이가 60여 미터나 된다고 했다. 우리 나라에서는 처음으로 긴 폭포를 본 것 같았다.

(1999. 10. 13~14)

YWCA 역사 기행 : 철원 전적지

땅굴은 우리 초병이 경계근무 중 폭음을 듣고

YWCA 회원 174명이 강원도 철원으로 역사기행에 나섰다. 버스 네 대가 나란히 중부고속도로로 진입하였다. 차창 밖에 펼쳐진 황금 들녘과 단풍이 곱게 물들어 가는 가을산을 만끽하며 철원으로 달렸다.

먼저, 가장 길다는 제 2땅굴로 가기 위해 비무장지대로 갔다. 군인들이 검열을 하면서 안전하게 인솔해 주었다. 이 땅굴은 우리 초병이 경계 근무 중 폭음이 들려 발견한 것인데 북괴의 기습공격 남침용 지하 땅굴이었다. 견고한 화강암층으로 되어 있으며 지하 50~60미터 지점에 있고 굴의 길이는 3.5킬로미터나 되었다. 땅속에서 큰 장비도 없이 폭약과 괭이, 호미 같은 연장으로 파는 그 어려운 공사를 그렇게 길게도 했으니 얼마나 많은 병력과 민간인이 투입되었을까? 1.1킬로

미터만 더 파면 우리 군사 분계선 너머까지 뚫을 뻔했다.

밖의 전시장에 들려 보니 땅굴에서 발견된 연장과 피복 등 모든 장비가 진열되어 있는데 그것을 보니 그 공사 기간 동안에 얼마나 많은 인원이 회생되었을 것인가도 상상이 되었다. 휴전선 근방에 이런 땅굴이 수십 개나 된다니 씁쓸한 마음이 들었다.

다음 목적지로 출발했다. 곡식도 모두 거두어들인 쓸쓸한 철원평야는 아무 말도 없이 조용했고 지금까지 한 번도 보지 못했던 잿빛 두루미 네 마리만이 한가로이 놀고 있었다. 긴 부리로 무언가 쪼고 있는 모습이 무척 평화로워 보일 뿐 아니라 아름다움과 고고함까지 갖추었다. 우리가 신기한 듯 바라보고 있을 때 마침 북쪽의 비무장 지대에서 여러 마리의 두루미가 날아와 금세 그 지역은 두루미 천국이 되었다.

철의 삼각지 전망대에 도착하였다. 4층 짜리 흰 건물의 꼭대기 층은 전망대였다. 대형 망원경으로 보면 앞에 있는 북한 땅이 가깝고 선명하게 잘 보였다. 오늘은 안개가 끼어서 좀 흐리게 보였지만 휴전선 비무장 지대를 비롯하여 평강고원, 선전마을, 김일성 고지, 피의 능선이 눈앞에 펼쳐져 있었고 여기저기 뻘건 민둥산은 그냥 육안으로도 잘 보였다. 철책 너머 수풀로 꽉 차 있는 비무장지대를 보고 있노라니 쓸쓸하고 허전했다. 모형관이 있어 우리 나라의 전방 기지, 북한과 남한 분계선, 비무장지대를 직접 한 눈으로 다 볼 수 있어 재미있었다. 광장 옆에는 경원선의 최북단, 종착역인 월정리역이 있었다. 아주 조그마한 역인데 바로 철책 앞에 있었다. 언제나 이 철길로 금강산에 갈 수 있을까.

거기서 백마고지로 갔다. 그곳은 6·25동란 때 가장 피비린내 나는 격전지였다. 1952년 10월 6일 중공군의 대공세로 10일 동안 대 혈전이 계속되어 중공군은 1만 4천 명의 사상자를 낸 곳이기도 하다. 흙먼지와 시체가 뒤엉켜 악취가 코를 찔렀으며 포격을 맞은 산은 본래의 모습을 잃고 마치 백마가 누워 있는 형상과 같다고 하여 백마고지라 불렀다 한다.

당시 희생된 우리 장병들의 넋을 추모하기 위하여 전적비를 건립하여 비문에 새겨 놓은 곳이기도 하다. 또한 이곳에는 시인 모윤숙 씨의 시비가 있고 시조시인인 이은상 씨의 "고지가 바로 저긴데"의 시구도 새겨져 있었다.

끝으로 노동당사로 갔다. 8·15해방 후 북괴가 공산 독재하에 6·25동란까지 사용했던 북괴 노동당 당사였다. 이 건물을 지을 때 성금이란 구실로 1개리(里)당 백미 200가마씩을 착취하고 인력과 장비를 강제 동원해서 만든 건물이었다. 공산 치하 5년 동안 북괴는 양민을 수탈하고, 애국 인사들을 체포하여 끌고 가 고문하고 학살하였다고 한다. 한번 끌려오면 시체가 되거나 반송장이 되어 나올 만큼 살육을 저지른 곳이었다. 괴뢰군이 물러가고 부서진 건물들은 흉물스러운 채 역사의 현장으로 남아 있었다. 그 건물 2층을 오르내리며 곳곳이 뻥뻥 뚫리고 지붕도 없이 뼈다귀만 남은 것을 보면서 지금도 피비린내가 나는 것만 같고 핏자국이 남아 있는 것처럼 느껴져 순간 소름이 좌악 끼쳤다.

오늘 몇 군데에 다니며 보고 느낀 점이 많았다. 차마 말할 수 없이 비참한 과거의 현장이었다. 착잡한 마음으로 고석정에 닿았다. 유유히 흐르는 한탄강물은 저녁나절 햇빛을 받아 반짝이며 맑았다. 주변

의 경치가 소금강처럼 아름다웠고 강 가운데 높이 솟은 암석은 웅장
하면서도 멋스러웠다. 강가에 깨끗한 모래사장이 있었다. 그곳을 걸
으며 차가운 물에 손을 담그니 지금까지 답답하기만 했던 몸과 마음
이 시원해지면서 한결 기분이 좋아졌다.

(1999. 10. 21)

잿빛 두루미

쓸쓸한 철원평야에
한가롭게 나들이 나온
잿빛 두루미 한 쌍
고고하면서도 눈이 부신
흑진주처럼 빛나는
날개와 푸른 깃털
긴 부리로 이삭을 쪼으며
햇빛 한 줌 쪼고
때로는 마주보며
오후를 즐기고
"저 두루미 좀 봐"
마지막 몸짓인 양
반짝이는 나래를 파닥이며
후드득
저녁 햇살과 함께 철책선을 넘어
너울너울 날아간다
마치
꿈 속에서 깨어난 듯
허전하고 쓸쓸한 햇살
유난히 차다

홍도와 흑산도를 다녀와서

목포 농업박물관과 해양박물관을 보다

그 동안 산만 찾아다니다가 오늘은 홍도와 흑산도의 관광길에 나섰다.

목포에 닿으니 강한 바람으로 배가 출항을 못하는 바람에 어쩔 수 없이 목포에서 하룻밤을 보내야 했다.

농업박물관에 갔다. 박물관에는 선사시대의 농경과 역사시대의 농경이 한 곳에 있고 농사짓는 시골 마을의 풍경은 평화롭게만 보였다. 인형으로 꾸민 두 모녀가 흰 무명치마 저고리를 입고 낭자머리에 맷돌을 돌리는 모습은 꼭 나의 어머니 같아 그 가슴에 안겨 보고픈 생각까지 들었다.

국립해양전시관에도 갔다. 전시해 놓은 신안선 침몰선은 인양해서 복원 중인데, 중국의 배로 큰 목재로만 되어 있고 650년 동안 바다에 잠겼다가 9년 동안 발주, 복원 기간이 20년이나 걸렸다고 기록되어 있다. 그날 밤, 목포의 부둣가 어느 여관에서 모처럼 만에 오래도록 이야기꽃을 피우며 즐거운 시간을 보냈다.

이튿날

폭풍이 멎어 8시 배를 타고 홍도로 출발했다. 배는 출렁이는 파도를 타고 날렵하게 바다 위를 날았다. 사람들은 배가 출렁거릴 때마다 좋아서 소리치며 즐거운 비명을 질렀다. 그런데 얼마 못 가서 멀미가 시작되자 구토증세로 배 안은 술렁거렸다. 좋아하며 소리치던 사람들은 모두 눈도 못 뜨고 배 바닥에 엎드리거나 누워 버렸고, 꽉 찼던 앞의 의자가 모두 빈 의자가 되어 버렸다. 갑자기 몇 년 전 울릉도에 갔다가 돌아오던 날, 8시간을 배 안에서 파도와 싸운 기억이 되살아나서 끔찍해지기까지 했다.

하지만 이 정도라면 걱정할 필요까지는 없겠지 생각했는데 속은 자꾸만 메스꺼워져 갔다.

2시간 30분만에 홍도에 도착하였다. 곧바로 홍도의 회귀한 풍난을 감상했고 오륙백 년이 넘은 동백 숲길을 산책했다. 숲 속 끝 난간은 수백 미터 낭떠러지였다. 멀리 섬 하나 없는 아득한 바다가 시원스럽게 펼쳐져 있었다.

잠시 후 식당으로 가서 생선회로 점심을 먹고 관광유람선을 탔다. 처음부터 시야에 펼쳐진 우뚝 솟은 기암 괴석과 그 틈새 위에 자생하

고 있는 분재 소나무는 하나 하나가 다듬어 놓은 작품들처럼 자연스
러웠고 물과 바위와 소나무가 한 데 어우러져 열두 폭의 산수화 병풍
을 이루고 있었다.

열 개의 바위는 홍도의 십경으로 불리워졌다. 바다의 악귀를 물리
친다는 수십 미터나 되게 깎아 세운 듯한 뾰족한 칼바위, 바다의 악귀
를 막아주고 파도를 막아준다는 병풍바위, 나란히 있는 형제바위, 부
부바위, 거북바위, 육지가 그리워 육지를 바라보고 있다는 물개바위
등등 형상대로 전설따라 이름 붙여 부르는 바위가 수없이 많았다.

동굴 속 천장에 거꾸로 매달려 사는 나무가 있는데 그 나무는 죄
많은 나무라고 불리워진다고 했다. 또한 홍도는 섬 전체가 붉은 빛을
띠고 있어 홍도라 했다고 한다. 섬 전체가 천연기념물로 보호받고 있
고, 약 150여 가구에 인구는 700여 명이 살고 있는 1개 리의 작은 마
을로 이루어졌다.

관광을 끝내고, 곧바로 유람선을 타고 흑산도로 갔다. 예리항 부둣
가 수협공판장이라는 간판을 걸어 놓은 집에서 여정을 풀었다. 큰 방
과 작은 방이 여러 칸이 있는데 이부자리도 그만하면 좋았고 생각보
다는 깨끗하고 따뜻하여 쉴만 했다.

저녁에는 흑산도의 명물이라 할 수 있는 참홍어를 한 마리에 40만
원에 사서 먹어보기도 했다.

파도가 밀려오면 자갈자갈 소근거리는 자갈들

다음날 새벽

잠결에 천둥소리가 들려 깜짝 놀라 일어나 밖을 보니 이게 어찌된 일인가! 비바람이 사납게 흩날렸다. 오늘은 집에 가야 하는데, 또 몇 날을 묶여 못 나가면 어떻게 하나, 새벽 6시에 산책하기로 했는데, 틀렸다 생각되어 그냥 누워 있었다.

그러나 다행히 6시쯤 되니 비가 그치고 바람도 잦아들었다. 계획했던 대로 산길로 올라가다 바닷가로, 다시 산으로, 이렇게 가다 보니 갑자기 끝이 보이지 않는 낭떠러지 동굴이 나왔다. 50미터는 될 성싶은 밧줄을 잡고 지하로 내려가니 바닷물이 들쑥날쑥하는 커다란 동굴이었다.

동네 아주머니 말로는 용굴이라 하는데 수억 년 전에 용이 살다가 하늘로 승천하였다는 전설이 있는 굴이라고 하였다. 동그랗고 매끄러운 자갈들은 쏴와ー하고 바닷물이 밀려오면 자갈자갈 소리를 내며 소근거렸다. 어두운 동굴에 밝아오는 새벽빛이 무엇에 반사되어 비치는지, 쟁반 만한 작은 돌멩이들이 보석처럼 빛났다.

여기 바닷가 돌들은 모두 동그랗고 예뻤다. 물의 힘이 크다는 것은 이미 알고 있었지만 반들반들 깎아놓은 것보다 더 아름답고 예술적이었다.

아침식사 후 흑산도 관광길에 나섰다. 흑산도는 11개의 유인도와

89개의 무인도로 2,000여 명의 주민이 살고 있다고 한다.

우리는 버스를 타고 선사시대의 생활 터전으로 보이는 여러 형태의 8개 지석묘를 보았다. 피리 부는 소년에게 소녀당 신이 심술을 부려 소년을 죽게 했다는 성황당에도 가 보았다.

일주도로를 타고 흑산도의 표적이라 할 수 있는 상나봉에 올라가니 섬들과 눈이 마주쳤다. 대장도, 소장도 가슴바위 등등 제각기 모양대로 이름과 전설을 말해 주었다. 봉화대가 있고 전망대가 있었다. 성터가 있는데 반월성이라 했고 큰 나무는 전혀 없고 키 작은 소나무, 가시나무, 멍개나무, 진달래 모두 작아도 오래된 나무로 울퉁불퉁 못났다. 진달래꽃은 금세 피었는지 빨갛게 수줍음을 타는 어린 소녀처럼 예쁘게 웃고 있었다.

우리는 배 시간에 맞춰 내려왔다.

홍도! 정말 조각품같이 아름답고 기품 있어 보이는 섬이었다. 작은 1개 리의 섬으로 뺑 둘러 섬 전체가 희귀한 바위들로 갖가지 모습을 연출해서 제 몫을 다하는 관광자원이었다. 시원한 바닷바람을 안고 갖가지 풍경을 보며 스릴있게 달리는 맛 또한 잊을 수 없었다. 한 마디로 모든 여건이 내게 주어져 좋은 곳에 와 볼 수 있었다는 게 또 한 번 행복감으로 이어졌다. 잔잔한 수평선 위로 돛단배가 물살을 뿌리며 어디론가 떠나갔다.

목포에 도착하자 집에 다 온 듯, 푸근한 마음으로 차에 올랐다. 며칠 전부터 바쁜 일정에 못 이루었던 잠이 한꺼번에 밀물처럼 아득히 밀려왔다.

(2000. 3. 29~31)

흑산도에서

붉은 빛 띤 참홍어가
시멘트 바닥에 누워
눈을 꿈벅꿈벅하며
高價의 자기 몸을 과시했다
주인의 상술로
거금 40만 원에 낙찰되었고
주인의 날렵한 손놀림
홍어는 삽시간에
먹음직스럽게 요리상에 올랐다
어디 40만 원짜리 홍어 맛 좀 보자
날름 한 점 입에 넣고
음미하며 씹는데
이 놈의 홍어 질긴 것이 특징인가
한 점 넘기다 보니
하얀 접시만 동그라니 남았다
냉동홍어에 길들여진 내 입맛
1만 원짜리나 40만 원짜리나
값에 비해 그게 그건 데
비싸니까 좋아하는 것인지
아니면 맛이 있어 비싼 것인지
알 수가 없었다.

화려한 벚꽃 길로 : 경주의 금산

산 속 곳곳의 불상은 신라의 흔적으로 보인다

경주 금산을 갔다. 왠지 홀가분한 마음으로 역사탐방 가는 기분이 들었다. 경주 들어가는 길목에 벚꽃나무가 한참 만개하여 온 시내는 꽃으로 장식되었다. 포석정에 도착하여 옛 임금들이 술을 마시며 즐겼다는 자취를 찾아보려고 살펴보았으나 나무 몇 그루만 있을 뿐이었다.

버스를 타고 갔던 길로 다시 내려가 솔밭 속에서부터 산으로 붙었다. 왕릉으로 보이는 큰 능이 깨끗하게 정리되어 있었다. 왕소나무밭을 지나 넓은 산길로 접어드는데 목 없는 좌불상이 있고 여래석불상, 관음석불탑 등 바위 속에 불상이 많았다.

곳곳에 진달래꽃이 곱게 피어 예쁘게 보였다. 해발 468미터의 정상 주변은 산불이 났었는지 불에 타서 시커멓게 그을려 있었고 길이 여러 갈래로 나 있는 것으로 보아 사람들이 산책 코스로 많이 찾아오는 것 같았다. 그렇지만 산행이 그리 만만치 않은 코스였다.

오는 길에 영천 만불산에 들려 수많은 부처님을 배알하였는데 그 어마어마한 위용에 놀라움을 감출 수 없었다.

(2000. 4. 11)

호남의 소금강을 찾아 : 월출산

우후죽순처럼 뾰쪽뾰쪽 서 있는 기암괴석들

오늘은 처음으로 회장님이 참석치 않아 우리 병아리들의 장거리 여행이었다. 8년 전에는 천황사에서부터 올라가 경포대로 하산했는데, 오늘은 반대로 경포대에서 천황사로 내려오기로 했다.

빽빽하게 우거진 숲 속 길을 올라가는데 바람은 없고 기온은 높아 능선까지 가는데 숨이 탁탁 막혔다. 회원 몇 사람이 무척 힘들어했는데 능선에 올라서야 괜찮아 했다. 시원한 바람과 함께 눈앞이 확 트이며 우후죽순처럼 뾰쪽뾰쪽 서있는 기암괴석을 보니 입이 딱 벌어져 다물어지지가 않았다. 전에 왔을 때는 저렇게 키가 큰 바위들을 못 보았는데 오늘 보니 마치 자라나는 석순처럼 쑥쑥 큰다고 생각되었다. 정말 호남의 소금강이라 일컬어진다 하더니 과연 아름다운 산이었다.

암봉으로 된 812.7미터의 정상에 오르니 지금까지의 모습은 보이지 않고 향로봉, 구정봉, 장군봉 등 아래에서 보면 날카롭게 암봉으로 된 높은 산봉우리들이 모두 저 아래에서 정상을 올려다보고 있었다.

우리는 통천문을 지나서 구름다리 있는 쪽으로 하산했다. 등산로가 모두 사다리로 이어져 있어서 오르락내리락하는 재미도 있었지만 올라 갈 때는 한발 두발 힘이 들었다. 구름다리까지 가기 전 바위에 사다리를 걸쳐 만든 길은 아슬아슬한 게 재미있었다. 처음 가 본 회원들은 산이 너무 좋아 한 번 더 가겠다고 하였다.

(2000. 6. 15)

김삿갓 생가와 묘지가 있는 : 마대산

얼마나 더웠던지 옷 입은 채로 계곡 물 속에 첨벙

제천에서 영월을 지나고 동강을 지나 산 속으로 산 속으로 큰 계곡을 따라 올라가니 김삿갓 주차장이 나왔다. 거기서 다리를 건너기 전 우측 산으로 입산하였다. 초지에 크고 작은 장승을 많이 만들어 세워놓은 것이 눈에 띄었다.

갈림길에서 좌측 길로 붙어 한참을 올라가니 하늘만 보이는 깊은 숲 속에 다 허물어져 가는 비어 있는 초가집이 있었다. 바로 김삿갓 생가라고는 하는데 확실하지는 않다고 들었다. 누가 가끔 풀을 뜯어주고 청소를 해 주는지 아주 흉하게 보이지는 않았다.

잔뜩 찌푸린 하늘은 쿡쿡 찌다가 못 참겠는지 이따금씩 이슬비를 뿌렸다. 바람 한 점 통하지 않는 빽빽한 숲 속은 오르막길을 걸어서라기보다 그 자체가 찜통 속이었다. 해발 1,052미터에 자리잡고 있는 정상도 몇몇 사람만 설 수 있게 돌로 쌓아놓은 곳이었다.

나는 그 위에 올라서서 넓은 세상을 향하여 남편과 아이들 이름을 마음속으로 부르며 야호를 크게 세 번 외쳤다. 바로 전의 탁탁 막혔던 답답함과 어려움이 솔솔 풀려 나가며 온 몸이 거뜬해짐을 느꼈다.

그렇게도 덥던 날씨도 능선에서 점심을 먹는 데는 찬바람이 솔솔 몸 속으로 파고드는 게 시원하다 못해 써늘하기까지 하였다.

처녀봉을 지나 삼거리에서 하산한 곳은 눈이 오거나 비가 오면 한 발짝도 내려오지 못할 험한 직코스였다. 조심조심 가다보니 어느새 또 다시 온 몸에는 땀이 소낙비같이 쏟아졌다. 산에서 내려오자마자 몇몇 회원들은 계곡에서 옷을 입은 채로 물 속에 첨벙 들어가기도 하고 두 다리를 물 속에 집어넣고 더위를 식히며 나올 줄을 몰랐다. 언제나 땀을 흘리고 쉬는 시간은 행복한 시간인 듯 하다.

호산나 팀장 태광옥 씨가 딸 결혼식을 끝내고 송편에다 가락국수까지 회원 전원에게 한 턱을 냈다. 우리는 또 포만감에 행복함을 느꼈다.

(2000. 7. 20)

YWCA 역사기행 : 소록도

내가 오늘 어른이 되어 그들 곁으로 갔다

소록도 하면 어린 시절 나환자들을 생각하면서 무서워했던 생각이 먼저 떠오른다. 사람 대접은 커녕 길에서 만나면 무서운 짐승을 만난 것처럼 달아나며 경계했던 어렸을 때의 철없던 생각을 하며 내가 오늘 어른이 되어 그들 곁으로 갔다.

대전 YWCA 회원 227명은 5대의 버스에 나누어 타고 나란히 호남 고속도로를 달렸다. 언제부턴가 한 번 가보고 싶었던 곳, 약간은 마음이 설레면서 기분은 착잡했다.

차창 밖에 스치는 들녘은 어느 사이 노랗게 물들어가고 길가의 코스모스는 활짝 웃으며 우리에게 손을 흔들어 인사했다. 밭둑의 감나무에 노란 감이 주렁주렁 탐스럽게 열려 있어 어릴 때의 고향을 본

듯 정겹기만 했다.

어느덧 보성군 벌교를 지나 고흥군 녹동항에 도착하였다. 도착하자마자 바람을 타고 달려온 물, 비린내가 코끝으로 다가와 우리를 맞이했다. 누군가가 바로 눈앞에 보이는 섬이 소록도라 말했다. 나는 소록도를 보는 순간 뭔가 마음에 와 닿는 느낌이었다.

큰 철선을 타자마자 뱃머리를 돌리는가 싶더니 금세 섬에 도착하였다. 섬에 내리자마자 우리는 관광지에 온 듯 숲 속의 공원을 돌아보며 그 아래에서 싸 갖고 온 점심을 먹었다. 점심을 먹은 후 교회의 장로라는 분이 봉고 차를 몰고 와 우리를 실어 날랐다. 순간 운전하시는 그분의 손가락이 없는 것을 보고 깜짝 놀랐다. 이제야 소록도에 왔다는 실감이 났다.

소록도는 나병환자 외 일반 사람이 전혀 살지 않는 곳으로 함부로 일반인의 입장을 허락하지 않았다. 그곳에 들어가려면 미리 예약하고 정문에서 확인한 후에 통과시켰다.

한 10분 정도 차를 타고 안으로 들어가는데 큰 소나무들이 늘어선 바닷가의 경치는 참으로 깨끗하고 아름다웠다. 마치 해변가의 어느 고급 별장으로 가는 느낌이었다.

제일 먼저 주민들이 집단으로 생활하는 교회로 들어갔다. 많은 한센병 환자(지금은 나았음)들이 큰 소리로 찬송가를 부르는데 나는 깜짝 놀랐다. 시름시름 앓으며 제대로 움직이지 못하는 줄 알았는데 건장한 체격을 갖고 있었고 모두 바른 자세로 앉아 있었다. 그러나 그들의 눈은 반쯤 감겨버렸거나 아니면 아예 썬그라스를 쓰고 있는 사람들이 많았다. 손이 잘린 사람, 손가락이 없는 사람 제대로 성한 사람이 거의 없었다. 우리가 아셀크럽의 크로마하프 연주로 찬송을 부르자 그 쪽에서는 답례로 남자 몇 명이 하모니카를 불며 북을 치고 여자 두 사람이 찬송을 하는데 그렇게 잘 할 수가 없었다. 그 교회의 목사 말에 의하면 그들은 청와대까지 가서 연주를 하여 많은 칭송을 받았다고 했다. 목사는 젊고 유능한 그들의 아버지이고 하나님이었다. 평생을 그들과 같이 살겠다는 각오를 지닌 정말 대단한 선교자였다.

예배가 끝난 후 우리들은 병원 건물의 관람실에서 자막자막 보여주는 필름을 보았다. 일제시대 때 강제로 수용된 환자들이 겪은 고난과 그 건물과 공원을 조성하며 피땀으로 얼룩진 그들의 장면이 처참했다. 중노동에 시달리며 맞아 죽기도 하고 자살하기도 했다. 벌로 감금실에서 단종수술을 받기도 하는 장면이 나오는데 눈뜨고는 차마 볼 수가 없었다. 얼마나 고통스럽고 견디기가 어려웠으면 죽을 줄 알면서도 섬을 탈출하려고 헤엄쳐 나가다가 바다에 빠져 죽었을까? 마음이 아팠다. 조금 전 교회에서 본 나이가 지긋한 사람들은 모두 그 고통을 겪었겠지 하고 생각하니 참으로 안타까웠다.

우린 그들이 조성하고 가꾸어 논 중앙공원을 보고 또 놀랐다. 100년이 넘은 아주 큰 나무들이 잘 다듬어져 있어 예술적이었다. 황금편백 향나무는 마치 수백 개의 황금부채를 펴놓은 듯한 모양이었고 가이스카 향나무는 뭉게뭉게 뭉게구름 모양으로 하늘로 올라가듯 아름다웠다. 금목서는 향수를 뿌려놓은 듯 향기를 은은하게 풍기고 있었으며 그밖에 회귀한 능수매화 휠펜백나무가 이렇게 멋있을 줄이야. 우리 나라 그 어디에서도 못 보았던 아름다운 정원수가 여기에 있었다.

나병 환자였던 한하운 시인의 시비가(돌로 3미터 됨) 하늘을 보고 누워 있다. 한하운의 시는 모두 그때의 상황을 너무나 잘 표현했고 아픔과 연민, 병을 낫고자 하는 간절한 열망의 의지가 담겨있었다.

　소록도! 말만 들어도 우리와는 단절된 곳으로 생각했던 곳. 그러나 새끼 사슴의 형상을 하고 있어 소록도라는 곳. 알고 보니 평화로운 곳이었다. 소록도 소식지를 읽어보니 어느 기자가 소록도는 천사의 섬이며 소록도의 봄은 천사의 발걸음 소리처럼 온다고 했다. 나도 동감한다. 섬을 한 바퀴 돌고 난 후 마음이 평온해졌다. 속세를 떠나 휴양지에 간 느낌이었다. 그들의 얼굴과 육신은 썩어서 문드러졌지만 진짜 얼굴은 천사였다. 그들과 많은 대화는 못 해 보았지만 그들은 아무런 욕심도 시기와 질투도 없는 주어진 여건 속에서 하느님만 믿고 의지하며 아무런 고통 없이 살아가는 그 자체였다.

　오늘 우리는 떼지어 그 사람들을 구경하러 간 느낌이 들었다. 그러나 위문이든 구경이든 관여치 않고 떳떳한 그들의 모습이 한결 마음을 가볍게 해주었다. 소록도라는 섬의 거부감도 인식도 확 달라졌다. 갈 때의 마음은 그들을 어떻게 대할까 좀 조심스러웠는데 가서 보니 그들은 정신도 건강도 활기가 있어 보였고 아무 부끄럼 없이 떳떳한 모습으로 우리를 환영해 주었다. 앞으로 국가나 국민들이 끊임없이 사랑으로 그들을 대해 준다면 그들은 과거의 고통을 잊고 행복하게 살아갈 것이다.

(2000. 9. 21)

설악산 공룡능선 : 설악산 · 4

설악산은 갈 때마다 새로운 모습

새벽 2시 30분. 세상의 모든 만물들이 깊은 잠에 빠져있을 무렵, 차 곡차곡 챙겨 넣은 배낭을 짊어지고 집을 나섰다. 1년에 한번씩 연중 행사처럼 1박 2일로 설악산을 찾은 지도 이번이 여덟 번째다. 8년 전 정상인 대청봉에 올라서서 감격했던 일이 엊그제 일처럼 떠올랐다. 1 박 2일 코스의 산행으로는 처음이었던 그때 얼마나 어려웠던지 한 회 원이 "언제 또 오겠어?" 하는 말에 "왜 못 와요 나는 앞으로 열 번은 더 올 거예요"라고 한 말이 생각났다. '열 번은 아니더라도 몇 번은 더 오겠지' 하고 생각했었는데…… 앞으로 열 번을 채우면 다시 열 번에 도전하리라.

설악산은 언제나 내 마음을 설레게 하고 새로운 모습으로 나를 흥분시켰다. 갔다 와서도 그 여운은 오래 오래 머릿속에 머물러 나의 생활의 활력소가 되곤 했다.

46명을 태운 버스는 요란한 엔진 소리를 내며 어둠을 뚫고 고속도로를 질주했다. 어젯밤 모두들 한숨도 못 자고 나와서인지 모두들 버스에 오르자마자 잠 속에 빠져들었다. 나도 내일을 위해 잠을 청해 보았지만 쉽사리 잠이 오지 않아 이 생각 저 생각을 하면서 시간을 보내다가 보니 어느덧 자동차 소음이 멀어져 가는 것을 느꼈다.

얼마가 흘렀을까? 몸이 기우뚱 흔들려 눈을 떠보니 굽이굽이 대관령 고갯길을 넘고 있었다. 6시 30분 경 강릉 시내와 함께 동해 바다가 펼쳐졌다. 이건 또 무슨 횡재인가? 바다에서 솟아오르는 일출을 보았다. 이 시간에 이곳을 지나치며 뜻밖의 값진 보너스를 받은 기분이었다.

오전 8시. 주차장에 도착하여 아침을 먹고 길고 긴 산행 길을 시작하였다. 무거운 배낭을 매고 오르는 길. 발걸음은 가볍고 경쾌했다. 언제 보아도 아름다운 비경을 지닌 비선대, 수학여행을 온 학생들이 모처럼 자유로운 시간을 자연 속에서 한껏 즐기고 있었다. 찬 계곡 물에 빠져서 물장난치는 남학생들, 그걸 보고 깔깔대며 웃는 여학생들, 모든 걸 다 잊고 천진난만한 개구쟁이가 되어 자연 속에 풍덩 빠져, 웃고 즐기며 아름다운 추억을 만들고 있었다.

천불동 계곡, 천의 바위가 잘 다듬어진 부처님 같다고 해서 붙여진 이름이었다. 이름만큼이나 많은 아름다운 바위가 오색 단풍과 한데 어우러져 극치를 이룬 모습은 단지 아름답다는 말로는 표현이 되지 않았다. 설악산은 우리 나라에서 최고로 멋진 산으로 꼽힌다. 외국의 산도 몇 군데 가 보았지만 설악산만큼 웅장한 암벽과 암봉, 수려한 계곡이 있는 아기자기한 산은 없었다. 볼 때마다 새로운 느낌이 들어 항상 좋았다. 칭찬과 감탄사가 절로 나와 입을 다물지 못했다.

힘든 줄도 모르고 여섯 시간이나 걸려 휘운각 대피소에 도착했다. 큰 방 하나에 46명이 짐을 풀고 밥을 하고 된장도 끓이고 아침까지 준비해 놓았다. 숲 속에 묻힌 움막 같은 산장, 바로 앞에는 암석과 암반으로 된 웅장한 계곡이 있었고 돌 틈새로 맑은 물이 졸졸졸 흐르고 있었다. 땅거미가 지고 어두워지니 미처 내려오지 못했던 등산객들이 삼삼오오 내려와 산장을 찾았다. 호롱불 두어 개가 의자 위에서 산장을 밝히고 그 불빛 아래서 라면과 캔맥주로 시장기를 때우는 모습은 낭만적으로 보였다. 높은 산과 빽빽이 들어선 숲 위로 보이는 밤하늘에는 수많은 별들이 유난히 밝게 빛났다.

일렬로 나란히 발을 맞대고 차디찬 방바닥에 누워 잠을 청하니 방바닥이 오히려 내 등의 덕을 보려는 것 같아 기분이 좋았다. 새우잠으로 밤을 지새웠지만 밤이슬을 피하는 것만으로도 감사할 따름이었다.

새벽 6시. 설악산에서 제일 힘들다는 공룡능선으로 출발했다. 30여 분 능선을 올라 일출을 보았다. 구름도 안개도 없는 하늘에 떠오르는 햇빛은 눈부시고 찬란했다. 흐리고 비가 온다는 일기예보를 듣고 왔는데 "우리는 축복 받은 사람들이다" 라고 서로 자축하며 기뻐했다. 공룡능선은 우리가 올라온 천불동 계곡과 가야동 계곡의 줄기로써 굴곡이 심하여 매우 가파르웠다. 그리고 양쪽의 경치가 훤히 다 내려다 보이며 멀리로는 화채능선, 중청봉, 서북능선이 보였다. 바로 건너편에는 날카로운 이빨 모양으로 보이는 용아장성 능선이 한 눈으로 보이는 전망이 제일 좋은 곳이었다. 오른쪽 산 밑에는 뾰족뾰족 하늘을 보고 서 있는 크고 작은 봉우리들이 마치 석순이 자라난 듯 앞다투어 나란히 서 있었다. 특히 왼쪽의 가야동 계곡은 바위와 단풍이 어우러져 입을 다물 수가 없었다. 한 고개 올라서면 또 다른 세계가 펼쳐지고 지루한 줄 모르고 몇 개의 큰 봉우리를 넘었다.

마등령에 못 미쳐 오세암 갈림길에서 점심을 먹고 오세암으로 하산하기 시작하였다. 걸어온 길과는 정반대로 길이 육산으로 되어 있어 걷기에 편해진 탓인지 다리의 피로가 한층 풀리는 듯했다. 몇 년 전에 왔을 때는 양폭산장에서 자고 새벽 3시부터 걷기 시작하여 마등령에서 금강굴, 비선대로 하산했는데 층층대를 내려 갈 때 얼마나 다리가 아팠든지 다리를 질질 끌며 13시간이나 걸려 내려갔던 기억이 떠올라 비교가 되었다.

수렴동 계곡의 맑은 물과 경치를 따라 내려오는데 얼마나 물이 맑은지 보기만 해도 내 마음까지 깨끗하게 정화되는 느낌이었다.

아홉 시간이나 걸려 백담사에 도착하여 혹시 우리 차가 와 있을까 하는 기대감을 가졌으나 역시 우리라고 예외는 없었다. 그 곳에는 민간인 차는 전혀 들어오지 못했고 예약된 신도들만이 절의 차로 다니는 곳이라서 아무리 사정해도 빈차로 나갈지언정 우리를 태워주지는 않았다. 사오십 분을 걸은 후 시내버스를 타고 한참을 가서야 우리 차가 기다리고 있는 주차장에 닿을 수 있었다.

암반 위로 흐르는 백담사 계곡 물은 언제 보아도 거울 속을 들여다

보듯 맑고 아름다웠으며 붉은 물이 금방이라도 줄줄 흐를 것만 같은 단풍나무 역시 자태를 한껏 뽐내고 있었다.

산을 자주 찾는 사람들은 산을 보고 생각하는 느낌도 달랐다. 내년에 또 다시 찾아가면 그때의 느낌은 또 새로워지겠지. 긴 여운을 남겨 놓은 설악산이여!

(2000. 10. 6～7)

소금강을 떠다 놓았나 : 청량산

청량사를 내려다보니 좌청룡 우백호가 여기구나

청량산으로 들어가는 길목은 소금강을 떠다 놓은 것 같았다. 12폭 산수화 병풍이어라. 다리를 건너 오지의 산 속을 들어가며 이런 깊은 골도 있구나. 휴게소 가기 전에 있는 주차장에서 바로 산에 붙었다. 처음부터 돌산으로 상수리나무 숲을 지나고 절벽이 있는 난간 길을 휘돌아 가면 김생굴이 있었다. 큰 바위에서 한두 방울씩 떨어지는 약수를 마시고 가는데 와! 입이 딱 벌어졌다. 청량사가 한 폭의 그림처럼 아름답게 펼쳐져 있었다. 좌청룡 우백호. 이런 곳을 일컬어 명당이라고 하지 않을까 내심 감탄하며 올랐다. 암봉으로 된 자소봉에 올라 시원하게 펼쳐진 전망을 보니 내 마음도 시원해졌다. 봉우리마다 큰 암봉이 하늘로 솟아 있었고 그 위로 몇 그루 소나무가 자생하고 있었다. 자연의 신비라고 밖에는 달리 설명할 수 없었다.

정상까지 가는 길은 난코스가 두 고개 있어 모두 힘든 표정이었다. 낮은 산이라고 얕잡아 본 것이 잘못이었다. 나는 해발 870.4미터의 정상에 올라 전망대로 갔다. 나 혼자만의 의미를 실어 야호! 하고 온 힘을 다해 크게 외쳤다.

너무나 아름다운 산천초목이어라.

내려오는 길은 자갈길에 직선 내리막길이어서 내내 큰 밧줄을 의지해 간신히 내려올 수 있었다.

(2000. 10. 19)

청량산에 갔더니만

낙타 등 같이 생긴 청량산, 그 아래 청량사는
한 장의 화폭에 담은 그림이었네
바윗길로 가다가 상수리 나무 숲을 거쳐
절벽 끝 비탈길을 휘돌아 지나면
신라 때 명필 김생이 수도하며 글씨 썼다는 굴이 나오네
그 굴 바위 난간에서 한두 방울씩 떨어지는 약수물은
내 간을 덜컹 떨어뜨렸네

119를 부른 날 : 황정산

계곡에서 아무리 소리를 질러도 모기 소리 만할 뿐

황정산은 단양과 문경 사이에 위치한 해발 985미터의 높은 산이다. 처음에는 작은 솔밭과 잡목지대로 어렵지 않게 올라가다가 1시간 쯤 올라가면서부터는 점점 돌길과 바윗길로 이어지는 가파른 오르막 길로 된 산이었다. 그런 산길을 넘고 또 넘어 몇 개의 산봉우리를 넘 었다. 사나운 잡목 지대를 바윗길로 들어서면서부터는 완전히 악산이 었다. 줄을 타고 올라가고 내려가는 곳도 여러 군데나 있었고 낭떠러 지 위에서 바위를 안고 도는 곳도 있어 아슬아슬하였다. '갈수록 태산 이란 말이 이런 산을 두고 한 말이 아니었을까' 하는 생각이 들었다. 능선길에서 까마귀가 울었다. 자꾸만 따라오면서 울어대 "이 놈의 까마귀 시끄러워!" 고함을 쳤다.

그렇게 3시간 30여 분을 걸어가 정상에 올라 설 수 있었다. 정말 어렵게 어렵게 올라와 보니 시야가 확 터진 전망이 좋은 암봉이었다. 수백 미터 낭떠러지에 있는 산을 내려다보니 아스라이 펼쳐진 산자락의 단풍은 천연색으로 온 산을 수놓았다.

조금 더 올라가 숲으로 둘러 있는 정상에서 점심을 먹고 가던 길로 직진하다 잘록이 고개에서 왼쪽 길로 하산했다. 조금 내려가니 길이 끊기고 갑자기 큰 계곡이 나왔다. '정상 바로 아래에 이렇게 큰 계곡이 있나' 하는 생각이 들었지만 별로 크게는 생각하지 않았다. 그저 하산길이 아닌 길로 내려온 것만 같았다. 그런데 앞에서 호산나팀 회원 하나가 물이 흐르는 바위를 밟고 내려가다가 미끄러져 이마를 다쳤다. 정신을 차리지 못하고 잠 속에 빠져들어 전용순 씨와 회장님께서 침을 놓고 피를 빼고, 주무르고 했지만 심상치 않았다.

결국 119를 불렀다. 그러나 119대원들과 전화연락만 오고 갈 뿐, 우릴 찾지 못했다. 사방이 높은 산으로 둘러싸여 있어 하늘만 보이는 곳, 큰돌이 제멋대로 사납게 생긴 계곡, 아무리 야호를 크게 외쳐도 모기 소리 만할 뿐 깊은 수렁에 빠진 것같이 답답하기만 했다. 한 발짝이라도 내려가야 했다. 쓰러진 사람을 이 사람 저 사람이 붙들고 내려왔다. 나중에는 황재연 씨가 어깨에 메고 한참을 내려오다가 119대원 4명을 만났다. 그들이 업고 가다 앰뷸런스로 단양 시내 병원으로 이송시켰다.

응급조치를 하고 괜찮아져서 버스로 대전에 오니 밤 11시. 회장님 이하 회원들, 다친 회원은 더 말할 것도 없이 고생이 많았다. 등산이래 119를 세 번이나 부른 산행이었다.

나중에 알고 보니 우리가 내려온 그 길은 하산길이 맞았다. 하지만 그 길은 산사태가 나서 길이 끊기고 흙이 떠내려가서 넓은 계곡이 되어 버린 것이었다.

황정산! 그 아름답던 산이 우리의 소란스런 행동에 잘못을 힐책하며 매질했다. 산은 언제나 우리에게 친근감을 주지만 산을 얕보거나 소홀히 하면 안 된다는 교훈을 준 산행이었다. 항상 겸손한 자세로 산행에 임해야겠다.

(2000. 11. 6)

황정산에서

깊고 험한 산 속,
까마귀 울음소리가
온 산을 울린다

위험한 능선길,
자꾸만 따라오며
허공을 때렸다
도란도란 등산객들 이야기소리 뚝 그치고
불길한 예감 비수같이
머리 끝을 스치고 지나갈 때
바람소리도 멈췄다

갑자기 끊어진 언어 속에서
"저놈의 까마귀 시끄러워!"
소리나는 곳을 향해 큰 소리로 고함을 쳤지만
내 목소리는 몇 미터 허공을 맴돌다
머리 위로 떨어졌다

잠시 후,
앰뷸런스 소리
점점 가깝게 들려 왔다

늦가을 속의 백암산 : 백암산

흰 구름과 단풍으로 물든 산과의 어우러짐

어젯밤부터 가랑비가 내리더니 아침까지 내렸다. 비가 와도 언제나 예외는 없는 법. 7시에 출발해서 내장사로 갔다. 꼬불꼬불 내장산 길을 올라가면서 아직도 남아 있는 단풍을 보며 절정일 때의 황홀함을 연상하였다.

백양사로 들어가 삼거리에서 우측으로부터 산행은 시작되었다. 천진암으로 해서 가파른 직경사 길을 오르는데, 비는 오고 덥고 힘들어 옷이 땀에 흠뻑 젖었다. 2시간 조금 못 걸려 백학봉에 다다랐다. 올라서는 순간 솜털 같은 구름과 고상하게 물든 단풍이 어우러진 풍경이 그렇게 아름다울 수가 없었다. 앞에 있는 여러 개의 산봉우리가 흰 구름에 가렸다가 보이다가, 산만 보지 말고 나도 보아 달라며 살짝살짝

비춰주는데 정말 장관이었다. 또한 백양사의 뒤꼍에서는 하얀 구름이 분수처럼 마구 쏟아져 나와 산을 넘어가더니 삽시간에 하얀 바다를 이루었다. 신기했다.

노산 이은상 시인의 시 구절이 떠올랐다.

> 백암산 황매화야
> 보는 이 없이
> 저 혼자 피고 지다 어떠하리
> 학바위 기묘한 경 보지 않고선
> 조화의 솜씨일랑 아는 체 마라.

내가 서 있는 곳이 학바위였다. 학바위에 대해서 더 이상 할 말이 있겠는가. 아래서 보아도 기묘하고 목이 긴 하얀 바위라서 학바위라 했나 보다.

비가 내려서 해발 741미터에 위치해 있는 정상의 상왕봉 등정은 다음으로 미루고 하산하였는데 내려올 때는 어마어마한 바위 밑으로 내려왔다. 협곡 같은 수십 미터 절벽 아래로 한참을 내려왔다. 고개를 넘어 내려오는 길은 빨간 단풍잎과 노란 은행잎이 쫙 깔려 있어 그 위를 "사뿐사뿐 즈려밟고"라는 싯귀를 떠올리며 걸으니 아주 낭만적인 하산길이 되었다.

내려오는 길에 영천굴에 들렸다. 몇 평 안 되는 석굴인데 그 속엔 불상을 모셨고 벽에는 인등을 달아 놓았으며 바닥재는 나무로 짜 맞춰 깨끗하고 좋았다. 또한 마루 앞에는 약수샘까지 있었다. 이런 곳에서 법문이나 듣고 책을 보며 글이나 쓴다면 얼마나 좋을까.

백양사 대웅전에 가서 부처님을 배알하고 나와보니 시간에 여유가 있어 담양 죽 박물관과 순창고추장 마을을 둘러봤다. 몇 군데를 들른 덕에 대나무 물건도 사고 향토 장아찌와 잘 뜬 청국장도 맛 볼 수 있었다.

(2000. 11. 15)

구름 속에 묻힌 백암산

당신이 보고 싶어 머나 먼 길
새벽부터 내쳐 달려왔습니다

그런데 당신은, 어젯밤
무슨 일이 있었길래, 여지껏
뽀오얀 명주솜 이불 깔아 놓은 채
얼굴만 드러내놓고
깨어나지 못하고 계십니까?
행여 어젯밤 내린 비 맞고
감기 기운이 있는 것 아닙니까
아니면 밤새
달콤한 꿈 속에서 헤어나지 못하십니까?

당신을 사랑하는 제가 왔습니다
아침 해가 중천에 떴으니, 빨리
훌훌 털고 일어나 세수하시고
작년 이맘 때 입었던
울긋불긋한 옷차림으로 나오세요

여기, 많은 친구들이 와서
당신을 꼭, 만나보고 가겠답니다

영하 20도 강추위 : 계방산 · 2

모자에 고드름이 주렁주렁 매달려

올 들어 가장 추운 날씨로 강원도 지방의 수은주가 영하 20도로 내려갔다는 뉴스를 접하고, 아름다운 눈꽃을 상상하며 강원도 평창에 있는 계방산을 찾아갔다.

아침 7시. 대전을 출발하여 강원도 산간지역으로 들어가니 대전 지방에는 없던 눈이 온산에 하얗게 덮여있었다. 그러나 바랬던 눈꽃은 없고 강한 바람 속에 발가벗은 나무들을 보니 몹시 추워만 보였다.

우리는 운두령 고개에서 내려 산에 오르기 시작했다. 내리자마자 산으로 올라가는 길은 빙벽이어서 간신히 산에 올라갔다. 처음부터 발이 푹푹 빠져 눈이 무릎까지 올라왔다. 계속 영하의 날씨로 눈이 녹지 않아 사람의 발자국이 없는 곳을 밟아 보면 딱딱한 얼음이었다.

바람이 쌩쌩 쇳소리를 내며 사납게 지나갔다. 모두들 완전무장하고 눈만 내놓은 채 걸어가는데 저벅저벅 등산화에 눈 밟히는 소리만 났다. 방수복의 모자 끝에는 입김이 서려 금방 고드름이 주렁주렁 매달리는 것으로 보아 매우 추운 날이란 것을 실감케 하였다. 그러나 나는 산에 오르는 데에만 신경을 써서 그런지 별로 추운 줄 몰랐다.

해발 1,577미터의 정상에 올라가니 몸이 날아갈 정도의 세찬 바람 때문에 잠시도 서 있을 수가 없었다. 여기저기 경관을 둘러볼 겨를도 없이 금세 내려와야만 했다. 하산 길은 많은 사람들이 밟고 지나가 눈덩이가 부서진 상태로 푹푹 빠지며 미끄러웠다. 한참을 내려오니 시장기가 돌아 길에서 한 줄로 쪼그리고 앉아 점심을 먹었다. 먹으면서도 이렇게라도 먹어야만 하는가 싶었다. 하지만 추운 산 속 그것도 눈 속에서 찬밥을 먹었어도 탈이 난 사람은 하나도 없었으니 강한 추위도 우리를 이겨내지는 못하였다.

한 번도 쉬지 못하고 산길을 따라 내려간 곳은 노동리 마을이었다. 모두들 아무 사고 없이 산을 내려와 서로에게 감사했다. 차 안에서 모두들 너무 재미있는 산행이었다고 한 마디씩 말을 해서 안심이 되었다.

오늘은 내가 회장직을 맡고 처음으로 등산한 날이었다. 신동숙 회장이 있었고 회원 하나 하나 모두가 잘 알아서 하긴 하지만 끝까지 무사안일만을 바라는 마음이 전과는 많이 달라졌다. 그리고 회원 한 사람이라도 산행에 불만이 있을까 걱정도 되었는데 너무 좋았다는 말에 다행이었다.

(2001. 1. 4)

충남의 : 진악산

생각보다 몇 배나 좋은 산

오늘은 대둔산에 가기로 했으나 갑자기 며칠 사이 눈이 많이 와서 장소를 바꿔 금산에 있는 진악산으로 정하고 예정에 없었던 관광버스로 서부터미널 앞에서 출발했다.

그런데 오늘 아침은 전국적으로 영하의 날씨였고, 찻길은 온통 어제 녹은 눈이 꽁 얼어붙어 스케이트장이 따로 없었다. 출발해서 도착하기까지 아슬아슬한 곡예를 보는 듯 마음이 조마조마했다.

안영리로 나가 새로 난 남부 순환도로를 타고 하얀 눈으로 덮인 산 속을 달리는데 가보지도 못한 알프스산맥이 떠올랐다.

금세 금산에 도착하여 보석사가 있는 석동리 마을로 들어갔다. 남쪽이라서인지 생각보다 따뜻하여 눈길을 밟으면서도 등산하기에 너무 좋았다. 한참을 올라가니 능선이 나오고 도구통바위가 있었다. 아마도 잘 생기지 못하여 도구통바위란 이름이 붙지 않았나 싶다. 금산 사람들이 잘 보호하는지 주변이 깨끗하게 정리되어 있었고 유치환의 시 한 편도 그곳에 있어 숙연해지는 마음까지 들었다.

거기서 올려다 보이는 뾰족한 산에 올라가기는 여간 어려운 게 아니었다. 정상인 줄 알았더니 정상은 저 건너편으로 한참을 더 가야 했고 이곳은 진악산의 최고봉인 737봉이었다.

다시 조금 내려갔다가 날카로운 능선길이 시작되었다. 바위타기도 있고 암릉길로 재미있었다. 생각보다도 몇 배나 좋은 산으로 생각되어 '오늘 이 산에 오길 참 잘했구나' 하는 생각이 들었다.

해발 732미터의 정상에 도착하자마자 나는 삥 둘러 있는 온 세상을 보기에 바빴다. 뾰족뾰족한 대둔산이 손에 잡힐 듯 가까이 보였고, 크고 둥그렇게 보이는 서대산이 늠름한 기상으로 마주하고 있었다. 새하얀 산천은 포근히 쉬고 있는 것처럼 평온해 보였다. 정말 전망이 좋구나! 따스한 햇빛이 쏟아지는 하얀 눈 위에서 우린 깔떼기를 깔고 질펀히 앉아서 점심을 먹었다.

하산 길은 계속 능선으로 내려오다가 2시 40분에 수리넘어재 주차장에 닿았다. 오늘도 만족도가 100%, 일주일 내내 생활의 활력소가 될 것이다.

(2001. 1. 11)

산과 바다를 찾아 : 와룡산

분화구 모양의 와룡산 전경이 한 눈에

일주일 내내 산행 지도를 보며 망설이다가 등산로를 머릿속에 담아 놓고 6시 30분에 출발했다. 이름도 듣지 못한 와룡산, 산행지도만 보고 4시간 정도 차를 타고 가자니 조금은 걱정이 되었다.

대전-진주 간 고속도로를 타고 진주를 지나 사천에 도착하니 10시 30분. 남양 저수지에서 산행은 시작되었다. 험준해 보이는 암봉이 바로 앞에 솟아 있고 제법 넓은 길로 올라가다가 산 속으로 들어갔다. 어제까지 추웠던 날씨가 풀렸는지 아니면 남쪽 지방이라서 인지 봄날 같은 따뜻한 햇볕이 온 산의 눈을 서서히 녹이고 있었다.

능선에 이르러 왼쪽 세섬바위를 향해 올라갔다. 거기서부터 능선길은 암릉으로 이어 삥 둘러 완만하게 보이는 주능선은 보기만 해도 빨리 걷고 싶은 마음이 들었다. 삼천포 화력발전소가 하나의 명물로 바다 속에 떠있는 것처럼 멋있게 보였다. 바닷가에 이렇게 멋있는 큰산이 있을 줄은 미쳐 몰랐다.

삥 둘러 눈이 쌓인 미끄러운 암능길을 아슬아슬하게 걸어가니 어느덧 해발 799미터의 정상에 닿았다. 그런데 우리가 가야 할 길을 입산금지의 푯말이 가로막고 있었다. 직진할까말까 몇 번을 생각하다가 산에 다닌다는 사람들이 무법자가 되어서는 안되지 하고 아쉬운 마음으로 되돌아서서 수정골로 하산했다. 사실은 그 길도 입산금지 구역이란 푯말이 붙어 있었지만 차가 기다리고 있는 곳이라서 어쩔 수 없이 들어설 수밖에 없었다.

지그재그로 난 길은 얼마나 멀었던지 2시간을 내려와 3시 30분에야 와룡마을에 도착할 수 있었다. 아무튼 미련 없이 만족하게 산행은 끝났다.

바닷가에 왔으니 살림꾼들이 그냥 갈 순 없었다. 가까운 삼천포 어항으로 가서 생선과 마른 멸치 등을 골고루 사 갖고 대전에 도착하니 8시 30분이 되었다. 멀고 먼 찻길과 산행, 무사히 마침을 감사하게 생각하며 작은 행복을 느꼈다.

(2001. 1. 18)

'가고파' 마산의 : 무학산

'내 고향 남쪽바다' 노래가 절로 나오네

마산에 이렇게 좋은 무학산이 있는 줄 오늘에야 알았다.

시내에서 바로 접어들어 가벼운 운동과 산책코스로 좋았고 등산
코스로도 만만치 않는 이 산은, 정상에 서서보니 남해 바다가 한눈에
다 보이며 천지사방을 다 내려다 볼 수 있었다. 시원한 산바람과 바닷
바람을 한꺼번에 마시니 속이 시원하다못해 날아갈 것만 같아 가슴이
벅찼다.

서원계곡에서 숨마지기재까지 오름길은 매우 가파른 길이었다. 얼
마나 힘든 길인지 숨을 마지기로 마셔야 오를 수 있고 오르고 보면
넓은 평지로 전답 서마지기는 된다하여 숨마지기재, 또는 서마지기재
라 한다고 했다. 그곳에서 정상은 바로 올려다 보였고 그 주변은 민둥

산에 통나무로 층층대 길을 만들어 놓았다.

암봉으로 된 해발 761미터 무학산 정상에 올라서니 멀리 남해바다의 크고 작은 섬들과 마산 시내가 한눈에 보였다. 삥 둘러 큰산으로 둘러싸여 있는 시내는 아늑하고 포근한 느낌이 들었다. 바로 앞 바다의 작은 섬들과 돌섬은 물 위에 동동 떠있는 듯 아름답기만 하여, 노산 이은상 선생이 고향인 마산을 그리며 지은, "내고향 남쪽바다 / 그 파란물 눈에 보이네./ 꿈엔들 잊으리요 /그 잔잔한 고향바다……" 하는 노래가 절로 나왔다.

따뜻한 햇살을 안고 계속 이어지는 능선 길을 걷다보니 아직 2월인데도 따뜻한 봄이 온 듯 했다. 길가에 억새와 진달래가 많아 제철에 와 본다면 참 좋겠다는 생각도 들었다. 소나무 숲이 한참 이어질 때는 숨을 더 크게 몰아 쉬었다.

하산 지점인 만날재에 도착하니 그곳은 애달픈 사연이 있는 전설의 고향이었다. 그 옛날 가난한 집 딸이 친정집 살리려고 부잣집의 모자라는 남자에게 시집을 갔는데, 애 못 낳는 것이 며느리 탓으로만 알고 갖은 시집살이를 시켰다. 남편은 학대받고 사는 부인이 너무 불쌍해 하루는 부인이 친정에 가서 돌아올 즈음에 지금의 만날재란 고개로 마중 나가 부인을 만나고, 집에 들어가면 또 시집살이 할 것을 생각하고는 괴로워 그곳에 있는 돌에 머리를 부딪쳐 죽고 말았다. 딸을 보내놓고 걱정이 된 친정 식구들은 소식이 궁금하여 그 고개로 가 보니 그 일이 벌어졌고 그래서 모두 만났다는 사연이 얽힌 곳으로 그 후 만날재라 불렀다했다. 지금도 객지에 나가 사는 사람들은 고향에 오면 약속을 하지 않아도 그곳에 가면 친구를 만난다고 한다.

우리는 내려와 어시장으로 가서 싱싱한 생선과 건어물을 샀다. 가족들을 떠올리며 모두 즐거운 표정들이었다. 나는 차를 타고 오면서도 내내 고향처럼 느껴지는 마산이 머릿속에서 떠나지 않았다.

(2001. 2.15)

안양에서 서울 신림동으로 : 관악산

연주대의 암봉은 타오르는 불길 같다

관악산은 서울특별시의 관악구와 경기도 과천시, 안양시에 둘러싸여 있는 크나 큰 산으로 줄기차게 솟아있다. 정상의 연주대 암봉은 타오르는 불길 같다하여 불의 산이라고도 불렸다한다.

관악산에서 종주 코스로 제일 재미있는 등산길을 가기 위해 관악산을 많이 가 본 방복자 씨를 만나 안양 종합운동장에서부터 산행은 시작되었다. 등산로 입구는 많은 사람들이 심신 단련과 산책 코스로 이용하는 듯 운동 기구와 벤치가 놓여져 있었다.

한참을 올라갔다. 멀리서 보아도 나무는 별로 없고 돌이 많아 보였던 산. 직접 와서 보니 그 큰산이 모두 돌산이었다.

산 중턱쯤 오르니 관악산의 절경이 점점 드러났다. 아래로는 안양과 과천시가 보이고 저 멀리로는 청계산이 유혹했다. 앞으로는 길쭉하고 뾰쪽뾰쪽한 큰 바위가 있었고, 미사일 같은 모양의 바위가 금방이라도 하늘로 치솟을 기세로 서 있었다. 왼쪽 아래로는 삼성산의 삼막사가 보였다. 장군바위를 지나고부터는 암릉길로 아주 험했다.

549봉에서 보이는 경치는 최고였다. 이곳은 8봉과 이어지는 길로 험하기로 소문난 8봉의 능선이 펼쳐져 있었다. 따사로운 햇볕이 온산에 내려 쬐니 봄이 온 듯 상쾌했다.

어렵게 올라가 연주대가 보이는 서편고개에 섰다. 고개 너머는 온통 백설이 묻힌 겨울 산이었다. 완전히 두 얼굴을 지닌 산. 당장 아이젠을 끼고 푹푹 빠지는 눈길을 걸어야만 했다. 한 번 산행으로 따뜻한 봄 산과 흰 눈 속에 묻힌 겨울산을 만끽하였다. 서울대학교에서 오르는 길은 빙벽으로 한발작도 디딜 수가 없었다. 연주암 뒤 헬기장에서 모두 모여 도시락을 먹고 암봉으로 된 연주대로 올라갔다.

서울 시내가 아스라이 보였다. 서울이 넓고 인구가 많아 공기가 탁하다고 하지만 여기에 와보니 그리 걱정할 게 아니라는 생각이 들었다. 이렇게 푸른 산이 많은데…… 첩첩 산으로 공기도 맑았다. 사당동과 과천으로 내려가는 길이 선명하게 보였다. 삥 둘러 이 정상을 향해 능선과 계곡이 뻗쳐있다.

푸른 소나무 숲 가운데로 길이 하얗게 보이는 사당동 길로 내려가기 시작했다. 연주대 옆으로 나 있는 절벽에 걸려있는 사다리를 타고 내려가는 길은 아슬아슬 간담이 서늘했지만 스릴이 있었다. 길이 험해서 우리 회원들이 다 내려오기에는 시간이 너무 지체될 것 같아 몇

몇 회원만이 이용하고 돌아가는 길로 갔는데 그 길도 눈이 쌓여 만만치가 않았다.

눈 녹은 육산, 솔밭 속으로 또는 바윗길로 내려오는 길은 산책 코스처럼 기분이 산뜻했다.

오늘 우리는 안양에서 서울로 넘어오는 긴 코스로 관악산을 종주했다. 사당동 전철역까지 6시간 10분 걸린 긴 산행을 마치고, 얼마 전에 개통된 서해대교를 보기 위해 의왕으로 나와 서해 고속도로로 진입했다. 새로 난 고속도로를 달리며 새로운 풍경에 젖어보았다. 서해대교는 7,310미터로 세계에서 아홉 번째로 손꼽히는 긴 다리란다. 공사비만해도 무려 6,700억 원이나 들었다한다. 다리 중간에 있는 휴게소로 들어갈 때는 한 바퀴 삥 돌아가 바다 가운데에 있는 작은 섬에 내려놓는다.

잠시 쉬면서 구경하고 나왔다. 이런 어마어마한 공사를 어떻게 해 냈을까? 인간은 대자연 앞에 선 하나의 작은 벌레에 불과 하지만 자연을 지배할 수 있는 것 역시 인간이구나 하는 생각이 들었다. 기술진들이 위대하고 자랑스럽게 생각되어 마음이 뿌듯했다.

(2001. 3. 15)

강천산이 좋다는 말만 듣고 : 강천산

막상 닥치고 보면 힘이 솟는다

강천산이 좋다는 말을 듣고 입산통제는 아닌지, 순창의 군 산림과
에 전화 한 통 하고는 무작정 찾아갔다.

아침 7시. 호남고속도로로 진입했다. 날씨가 꾸무룩해서 비가 올려
나 했는데 익산에서부터 눈발이 날리기 시작했다. 전주에 오니 아예
온 세상이 하얗게 눈으로 덮여 있고 계속 주먹만한 눈송이가 펄펄 쏟
아져 내렸다. 이번 겨울은 산간지방에 유난히 눈이 많이 내렸다. 등산
을 가보면 산마다 눈이 쌓여 온종일 눈 속을 걸어야만 했다. 그래서
이젠 눈이 반갑지가 않았다. 그냥 온천이나 하고 가자는 회원도 있었
다. 그러나 나는 '예정대로 산행을 할 것입니다.' 하고 말하니 모두들

웃으며 받아들였다.

임실군의 옥정 호반을 끼고 오르는 꼬불탕 길에서는 차가 미끄러지며 중앙선을 넘어 길이 막히기도 했다. 다행스럽게도 목적지가 가까워 오면서 날씨는 맑게 개였고 눈도 쌓이지 않았다.

주차장에서 내려 500미터쯤 갔을까? 매표소가 있어 반가웠다. 산행 지도를 얻을 수도 있고 관리원에게 물어 볼 수 있어 안심이 됐다.

지도를 보고, 전망대와 광덕산을 가려고 삼인대 다리를 건너가는 코스를 선택했다. 조금 올라가다 보니 깊은 산중으로만 올라가지 구름다리와 바위능선이 보이질 않았다. 이게 아니다 싶어 도로 내려와 조금 올라가니 구름다리가 나오고 날카로운 바위능선이 이어지며 전망대(425미터)가 나왔다. 이 산의 매력 포인트는 이곳이란 생각이 들었다. 거기서 광덕산(584미터) 봉우리를 지나고 헬기장을 지나고 큰 암봉으로 된 노적봉에 도착했다. 10여 미터 밧줄 타고 올라가는 절벽 길은 줄 하나에 온 몸을 의지하고 팔과 손에 온 힘을 다해야만 했다. 막상 닥치고 보면 힘이 솟는다. 그것이 인간의 능력인가 보다.

힘들여 올라가서 보니 끝도 보이지 않는 산성길이 시작되었다. 나무 한 그루 없이 억새풀과 잡풀만이 있는 난간 길을 걸으며 잠시 생각에 젖어 보기도 했다. 아무리 힘센 외적이 온다한들 이렇게 튼튼한 벽을 무슨 힘으로 범하겠는가. 지금도 돌 하나 제멋대로 구르지 않고 그대로 보존되어 있었다.

산성을 타고 마지막 봉우리 산성산(598미터) 송락바위에 올랐다. 이곳이 최고봉인 듯 전망이 좋았다. 너머로는 추월산이 마주서 있고 담양호수가 굽이굽이 산을 에워싸고 있어 아름다운 금수강산이 한눈에 들어왔다. 과연 강천산이 좋았다.

거기서부터 하산 길은 직코스로 위험했다. 튼튼한 동아줄을 군데군데 매어 놓았지만 놓치면 한없이 구르겠다 싶어 조심조심 내려왔다. 그 줄을 잡고 내려오니 수심이 깊어 보이는 강천 제 2호수였다.

오늘 우리가 등산한 산은 강천산 정상을 빼고 전망대로부터 광덕산—직우재고개—전망암—하성고개—시루봉—동문—운대봉—산성봉—송락바위 이렇게 여러 고개를 넘으며 여러 개의 봉우리를 종주했다. 힘든 산행이었다. 그러나 힘든 만큼 기쁨은 몇 배로 얻을 수 있어 좋았다. 산성이 있고, 호수가 있고, 암봉과 암릉이 있어 위험한 길도 많았다. 이 산은 갖출 것을 다 갖춘 산으로 하루에 종주하기엔 매우 힘든 산이었다. (산행시간 5시간 40분)

(2001. 3. 29)

만수산과 서해바다 : 만수산

산에 있는 돌이 모두 검은색으로 석탄 같아

천년의 역사를 지닌 고찰 무량사, 그 절을 에워싸고 있는 산이 만수산이다. 만수산은 부여군 외산면에 있는 산으로 높이는 해발 574.4미터로 높지는 않으나 오르막길이 힘든 산이었다.

무량사를 돌아보고 나와, 오른쪽 넓은 도로를 따라 올라가다가 태조암 가기 전에 계곡 쪽의 산으로 들어섰다. 벌목한 산에는 성주 탄광이 가깝게 있어서인지 돌들이 모두 검은색으로 석탄같아 손으로 만지면 검은 물이 묻어날 것만 같았다. 너덜경지대를 지나고 돌계곡 길이 나왔다. 양쪽으론 키 작은 잡목이 많이 우거져 있었고 올라갈수록 큰 소나무와 상수리나무가 많았다. 가파른 직코스의 오르막길이 한참 동안 이어졌다. 붙잡을 곳도 없이 코가 땅에 닿을 정도로 가파른 길이었다. 계룡산 은선 폭포에서 관음봉 길보다 더 어려웠다.

능선에 올라 좌측으로 조금 올라가니 정상이었다. 뾰족한 봉우리에 올라서니 저 멀리로 서해 바다가 하얗게 보였다. 그리고 위로는 성주산 줄기가 아주 높게 보였다.

정상에서 우측 길은 성주 삼거리로 내려가는 곳이고 좌측 길은 무량사 주차장으로 내려가는 곳이다. 우리는 곧바로 주차장으로 내려가기 시작했다. 길도 좋았고 왕소나무가 많아 경치도 좋았다. 산책 코스를 걷는 느낌으로 기분이 상쾌했다.

주차장에 닿기 전, 생육신의 한사람인 김시습의 부도가 울타리 안에 잘 보존되어 있었다. 무량사는 만수산 아래에 넓게 자리잡고 있으며 아주 큰 석가모니불상이 있었다. 7층 석탑과 석등이 보물로 있고 김시습 영정을 모신 사당도 있었다.

등산을 마친 우리는 서해바다로 향했다. 먼저 무창포 해수욕장으로 가서 따뜻한 봄 바다를 보았다. 바다는 언제 찾아가도 바람이 있고 낭만이 있는 곳. 서해바다를 바라보며 시원하고 비릿한 바람을 뱃속까지 흠뻑 들이마셨다.

몇 년을 공사하여 새로 개통된 남포 방조제를 타고 비인에 있는 동백정으로 갔다. 수백 년 된 동백나무의 동백꽃을 보았다. 올해는 늦게까지 눈이 와서 꽃이 피다가 얼어버려 제대로 피지 못했다. 노래가사처럼 꽃잎에 멍이 들어 땅에 뚝뚝 처참하게 떨어져 있었다. 저 많은 나무에 많은 꽃이 피어있다면 얼마나 예뻤을까……. 아쉬운 마음으로 동산으로 올랐다. 바다와 소나무가 어우러진 주변의 경치는 정말로 아름다웠다.

이젠 생선을 사기 위해 마량리 홍원항으로 갔다. 요즘은 쭈꾸미가 제철이라서 음식점에 들어가 쭈꾸미 두루치기를 시켜 먹고 담소를 나누며 즐거운 시간을 보냈다. 우리만 좋은 구경 다하고 맛있는 음식 먹고 보니 사랑하는 가족들이 생각났다. 꽃게와 쭈꾸미, 싱싱한 생선을 사 갖고 오면서 그래도 모자라 강경 젓갈시장에 들러 젓갈을 골고루 사 갖고 왔다.

우리는 가끔 서해바다에 가고 싶을 때 광천의 오서산이나 예산의 덕숭산, 가야산, 홍성의 용봉산을 찾으며 바다 관광도 하고 싱싱한 생선을 사오는 시장 일도 본다.

그래서 오늘도 등산 겸 바다 관광도 하고 싱싱한 생선과 젓갈시장에 들리고, 일정이 꽉 찬 정말 보람찬 하루였다.

(2001. 4. 3)

제5부

신의 작품

철쭉꽃을 찾아서 : 지리산(바래봉)

부운봉에 올라서는 순간 탄성을 자아냈다

철쭉꽃의 종류는 여러 가지로, 가는 곳마다 꽃의 모양과 색깔이 달라 이 산 저 산으로 새로운 이미지를 보고싶어 찾는다. 오늘은 또 어떤 모습으로 사람들을 유혹하며 자태를 뽐내고 있을까?

대부분 사람들은 바래봉을 가려면 운봉 중축장에서부터 올라간다. 그러나 우린 등산을 하기 위해 뱀사골 매표소를 지나 부운치로 들어섰다.

오뉴월 땡볕에 시멘트바닥 길로 올라가는데 벌써 땀은 온몸을 적셨다. 포장도로가 끝나고 산 속으로 접어들었지만 더운 건 마찬가지였다. 이젠 나와의 싸움이 시작되었다. 오름길은 언제나 힘이 드는 법. 그래도 크나큰 지리산인데 이 정도야 각오했던 바 아닌가. 내가 이런 어려움을 이기지 못한다면 내가 아니지…… 어려움을 잊으려 재미있는 생각을 떠올려보지만 다리가 당기고 숨이 차 올랐다.

이런저런 이야기를 나누면서 간식을 먹으며 2시간쯤 올라가니 구름이 피어오른다는 부운치고개에 올라섰다. 오르고 보니 왼쪽으론 세걸산을 지나 정령치로 올라가는 길이고 오른쪽은 바래봉 쪽으로 갈라지는 길이었다. 오른쪽 능선으로 조금 올라가니 헬기장이 있고 거기서 막바지 고개를 가까스로 올라가니 해발 1,122미터인 부운봉이었다.

올라서서 숨도 돌리기 전에 눈앞에 펼쳐진 대자연의 풍경에 입이 딱 벌어지며 약속이나 한 듯 모두 탄성이 터져 나왔다. 십리 평전은 될 듯한 초록색 산등에 철쭉꽃이 온통 빨갛게 쭉 깔려 피어 있었다. 거기에 울긋불긋 옷을 입은 등산객들은 개미떼처럼 한 줄로 나란히 오다가 어마어마한 꿀 덩이를 발견했는지 발길을 멈추고 꽃 속에 휩싸여 있었다. 우리도 빨리 그곳으로 향했다. 꽃 터널을 지나 팔랑치의 동산으로 내려왔다. 사진기사들이 전국에서 다 모여들었는지 작품사진 찍기에 여념이 없었다.

많은 사람들은 꽃 속에 취해 있더니 금세 꽃을 닮았는지 얼굴이 꽃처럼 환하게 밝으며 생존경쟁이란 단어도 모르는 어린아이와 같은 모습이 되었다. 우리는 이쪽 저쪽 다 내려다보이는 산봉우리에서 점심을 먹으며 즐거운 시간을 보냈다.

임도를 따라 내려오는 길가에도 흐드러지게 피어있는 철쭉꽃은 등산객들의 마음을 황홀하게 장식해주었다.

뒤돌아 내려온 길을 바라보니 부운봉에서 보는 그 맛과는 전혀 달랐다. 누구든 바래봉을 찾는 등산객들한테는 우리가 온 길을 권하고 싶다.

비탈진 소나무 숲으로 내려오니 새로 만든 주차장에는 전국 각처에서 모인 관광차로 대만원을 이루었다.

(2001. 5. 17)

철쭉꽃을 찾아서 : 정선의 두위봉

연분홍 철쭉꽃은 수줍음 탄 처녀 모습처럼 고왔다

봄에는 진달래와 철쭉, 여름이면 선선한 그늘과 시원한 계곡, 가을에는 단풍, 겨울이면 설화로 유명한 산을 때맞추어 찾아가면 환상적인 풍경을 볼 수 있어 좋다.

'두위봉'은 강원도 정선의 첩첩산중으로 들어가 사북과 걸쳐있는 해발 1,465미터의 산으로 함백연맥에 걸쳐있는 산으로는 최고 높은 산이다. 산행 기점인 자미원 철도역은 우리 나라에서 가장 높은 곳에 위치한 철도역으로써 기차가 서울에서 하루에 두 번 다니는 곳으로 산간 벽지의 마을이었다. 철길을 건너 올라가는 큰 산등성이에는 큰 나무가 없이 메마른 자갈밭으로 황량해 보였고 사북탄광이 있는 주변이라서인지 자갈이 모두 검은색이었다.

그러나 6월의 짙은 녹음 속으로 들어가니 촉촉한 풀숲이 싱그러운 초여름을 보여 주었다. 도라지 싹, 잔대 싹, 취나물, 참나물이 지천으로 깔려 있었다. 산들바람이 풀잎을 스치며 내게로 다가오면 은은한 약초 향기가 코와 옷 속으로 파고들었다. 이 크나큰 산을 걸으면서도 마치 야산에서 산책하는 느낌이 들었다. 어려움 없이 2시간 정도 갔을까? 8부 능선에 접했을 때 갑자기 온 산이 연분홍 물결을 이루었다.

초록빛 잎사귀가 다분다분 섞여 핀 연분홍 철쭉꽃은 수줍음 탄 처녀들처럼 곱고 아름다웠다. 한참동안 철쭉꽃 터널 속을 나비처럼 걸으며 즐거움을 만끽했다.

정상에 오르니 검은 구름 사이로 빗방울이 뚝뚝 떨어지기 시작했다. 모두들 우산을 받쳐들고 점심을 급하게 먹고 난 후 갈 길을 서둘렀다.

암봉으로 된 정상에 서니 뺑 둘러 막힘 없이 강원도의 큰 산줄기와 연봉이 다 보였지만 안개에 가려 그 모습은 희미했다.

길게 이어진 능선을 타기 시작했다. 해발 1,400미터가 넘는 능선길이라서 큰 나무는 없고 초원지대였다. 거기에 철쭉꽃이 만발했으니 가히 안 보고도 짐작이 가리라. 헬기장을 몇 군데나 통과하였고 수백 년 된 주목나무가 군데군데 있는 내림 길에서 콩알만한 우박을 만났다. 그 아름다운 꽃이 '저 우박을 한 차례 맞으면 처참하게 짓뭉개지겠구나.'하는 생각에 안타까운 마음이 들었다. 그래서 소백산이나 태백산, 지리산 등 높은 산의 철쭉은 만개 된 꽃잎을 보기가 어렵다. 하루에도 일기변화가 많아 예측할 수가 없기 때문이다.

하산 길로 접어들어 중턱에 1,500년 된 주목나무가 몇 그루나 보호를 받으며 늠름하게 자태를 뽐내고 있었다.

　빠른 걸음으로 다섯 시간을 넘게 걸어 도사골의 사북 아파트가 있는 쪽으로 내려왔다. 탄광이 폐쇄되어 사람들이 떠난 자국이 눈에 띄었다. 시내에 있는 아파트의 베란다도 쓸쓸하게 빈집임을 말해주었다. 그러나 동남천의 맑은 물과 산만은 옛 모습 그대로 그 고장을 지키며 아름다움을 자랑하고 있었다.

(2001. 5. 31)

동양 최대의 환선굴이 있는 : 덕항산

구름은 깊은 계곡으로 내려와 하얀 바다를 만들고

덕항산은 강원도 삼척시에 있는 해발 1,071미터의 산으로 아주 높은 산은 아니지만 산세가 험하여 노약자나 경험이 없는 사람들은 접근을 못하는 산이다.

그러나 산 중턱에 유명한 환선굴이 있어 끊임없이 많은 사람들이 다녀가는 곳이기도 하다.

몇 년 전 환선굴을 공개하고 관광객들이 북적대던 해, 나도 그 틈에 끼어 다녀갔었다. 동양 최대의 동굴로써 거대한 지하 공간 속에 폭포수가 있고 천장과 벽의 곳곳에 산호, 석순, 유석 그 밖의 보석 같은 천연석이 자라고 있는 아름다운 동굴이었다. 관람을 끝내고 나오면 거대한 산이 앞을 막아서고 하늘을 찌르기라도 할 듯한 암봉이 유혹

하였다.

저 산에도 등산로가 있을까? 궁금하여 상점에 들려 물어보았다. 상점 주인은 천 원 짜리 빨간 손수건을 내 보이면서 자기가 등산로를 개발하여 이 지도를 만들었다며 자세히 가르쳐 주었다. 험하기는 하지만 등산을 많이 해 봤으면 할 수 있다고 말했다. 언젠가는 기어코 저 산을 올라가 보리라 다짐하며 돌아왔다.

오늘, 그 산을 가기 위해 새벽 5시에 모여 출발했다. 어젯밤에 모두들 잠을 설치고 나왔으련만 장거리 여행에 익숙해진 우리는 피곤해 보이지 않았고 그렇다고 마음이 들떠 있지도 않았다. 억지로 눈을 감아 보지만 잠도 오지 않아 차창 밖을 바라보았다.

곧게 뻗은 고속도로를 달릴 때는 가슴속까지 시원했다. 산과 들은 온통 초록색으로 옷을 갈아입었다. 충주호를 끼고 산길을 달릴 때는 자연의 극치에 감탄사가 절로 나왔다. 출발한지 5시간 후에 목적지인 주차장에 도착했지만 지루한 줄 모르고 왔다.

녹음이 짙게 우거진 산길로 접어들었다. 처음부터 지그재그 오르막 길이 시작되니 몇몇 회원이 기가 질리는지 포기하고 싶은 생각을 갖기도 했다. 그러나 지금까지 급작스런 상황이 아니고서는 한 사람도 도중 하차하는 경우는 없었다.

능선 길에 올라서니 왼쪽으론 수백 미터 절벽이 숲 사이로 보이는데 아찔했다. 급경사의 오르막길은 곳곳에 큰 밧줄을 매달아 붙잡고 오를 수 있게 해놓았고 철계단으로 등산로를 처리해서 큰 위험 부담은 없었다.

산아래 주차장에서 환선굴로 가는 길에는 지금도 많은 사람들이 줄을 이었다. 능선이나 정상에서도 숲으로 둘러싸여 조망은 잘 보이지 않았지만 아직도 여린 풀숲에는 약초와 산나물이 지천으로 깔려 있어 싱그러운 초여름의 맛을 볼 수 있어 만족했다.

흐려있던 날씨가 점점 짙은 구름을 몰고 와 삽시간에 계곡을 하얗게 덮었다. 촛대바위에 아슬아슬하게 올라섰다. 조심스럽게 바위의 난간 끝에 엎드려 내려다보니 수십 미터 절벽 아래에 있는 구름은 아무리 보아도 하얀 바다였다. 마치 이 바다를 보기 위해 새벽부터 내달려온 듯 했다.

하산 길도 만만치가 않았다. 수백 개의 철계단이 끝나자 굴로 연결되는 층층대길이 나왔다. 모두가 땀에 젖은 채 선선한 굴속으로 들어가 1시간 동안 돌며 세심하게 관찰했다. 인간은 만물의 영장이라 하지만 자연의 위대함 앞에서는 인간도 하나의 작은 미물에 지나지 않음을 다시 한번 상기했다.

(2001. 6. 7)

스키장을 떠올리는 : 천마산

올라갈수록 계속 이어지는 난코스

천마산하면 스키장이 먼저 떠오른다. 겨울철과 여름 피서철이면 교통이 막히기 때문에 그 철을 피해 오늘 갔다.

중부고속도로를 시원하게 달리다 경인으로 나가 팔당댐을 지났다. 대전에서는 좀 흐리기만 했던 날이 이곳에 오니 비가 오기 시작했다. 좀 오다 말겠지 하고 큰 걱정은 안 했는데 비는 점점 더 세차게 창을 후려치며 내렸다. 남양주시 화도읍 가곡리에 있는 보광사 아래까지 차로 들어갔다. 비가 그칠까 하고 잠시 기다렸지만 비는 계속 내려 우린 우의를 입고 산에 오르기 시작했다.

보광사 앞으로 올라가니 길이 넓게 나 있던 곳에 입산금지 표지판이 붙어있고 가시철망이 길을 막았다. 그래도 포기할 수 없어 옆길로 올라가다 보니 리본도 하나 없고 수풀이 우거진 점으로 보아 사람들이 다닌 길이 아니었다. 비는 오고 구름이 끼어 전망은 안 보이지 뚜렷한 길 아니고는 가면 안 되겠다 싶어 도로 내려와 음식점이 있는 곳에서 산길로 들어섰다. 그 길도 좁아 이리저리 돌아 올라가는데 내가 자처한 일이지만 은근히 짜증스러웠다. 하지만 이젠 할 수 없이 올라가야 했다. 여기까지 와서 포기할 수는 없는 일이었다.

올라갈 수록 계속 이어지는 난코스. 빗물과 땀으로 온 몸이 흥건하게 젖었다. 천마산의 등산로가 이렇지는 않을 텐데 지도만 믿고 온 게 잘못이었다. 내려와 생각해보니 등산로가 폐쇄된 후, 사람들의 왕래가 없어 잡초와 숲이 무성하게 우거져 길이 사나웠던 것이다.

가까스로 능선 길로 올라섰다. 몇 발짝을 가니 뾰쪽한 암봉이 막아섰다. 하얀 안개와 구름으로 뒤덮인 산 위에서 전망은 보이지 않고 갈 길은 막히고 그 곳이 정상인 줄 알고 하산 길을 찾았다.

지도에 보면 멸도봉(해발 795미터)에서 정상을 가려면 암릉길로 이어졌다. 아직 암릉길이 나오지 않아 나는 더 가야 정상이 있을 것으로 생각되어 신동숙 회장과 길을 찾았다. 위로 조금 올라가니 바위 꼭대기 위에서 내려뜨린 밧줄이 있었다. 길을 찾았다며 회원들을 부르고 있을 때, 마침 그 고장의 등산가를 만나 정상이 바로 위에 있으며 1시간이면 호평리로 내려갈 수 있다는 말을 들었다. 나는 산신령을 만났다하며 기뻐했다. 그리고 그 사람을 따라 정상에 올라가 천마산이란 푯말을 보고 기뻐했다. 정상 주변은 높이 솟은 암봉으로 구름과 짙은 안개만 없다면 전망이 잘 보여 참 좋았으리라 생각되었다. 줄기차게 쏟아지던 빗줄기도 그치고 실비만 간간이 내렸다. 하산 길은 호평리로 결정하고 내려가기 시작했다. 오던 길과는 전혀 다른 넓은 길로 많은 사람들이 다니는 길이었다.

한 시간 정도 내려오니 '천마의 집'이 있었는데 길을 막아 들어가 보지 못하고 큰길로 내려왔다. 계속 임도의 포장도로를 따라 내려오니 호평리 주차장이었다. 등산이래 오늘처럼 고생한 날은 처음인 듯 싶었다. 오늘의 고생을 바탕으로 앞으로 웬만한 고생은 잘 견디리라.

(산행시간 : 5시간)

(2001. 7. 5)

덕유산은 천상의 화원 : 덕유산

한없이 순수하고 연약해 보이는 야생화의 자태

덕유산은 해발 1,614미터나 되는 높은 산으로 어디로 올라가든 7~8시간 걸리는 코스이다.

오늘은 동엽령의 원추리꽃을 보기 위해, 무주군 안성면 자연학습원 쪽으로 올라가 경남 거창의 송계사로 내려오기로 결정했다. 진달래 팀과 같이 두 대의 버스로 출발해서 새로 난 남부순환 고속도로를 타고 교각으로, 터널로, 거침없이 내달려 산행 기점인 안성리 자연학습원 주차장에 도착하니 8시 30분. 길고 긴 산행이 시작되었다.

처음부터 숲이 무성한 산길로 들어섰다. 그렇게 덥던 날씨가 크나큰 산 속이라서인지 바람결이 시원했다. 장마철이라서 계곡 물이 불어 우렁찬 소리를 내며 하얗게 철철 흘러내렸다. 보기만 해도 마음까지 시원하였다.

그렇게 2시간을 오르니 동엽령(1,320미터)능선이었다. 지금껏 보이지 않았던 푸른 하늘이 보이고 산들바람이 불어 시원했다. 넓은 초원 위에는 만발한 야생화로 꽃잔치가 벌어졌다. 노랗게 핀 원추리꽃, 주황색인 산나리꽃, 빨갛게 핀 싸리나무꽃, 하얀 취꽃, 엉겅퀴꽃, 그밖에 많은 꽃들이 지천으로 깔려 있었다. 이런 꽃들이 바람 따라 유연하게 파도를 친다. 거센 파도를 거역하지 않고 주어진 운명을 받아들이기나 하듯 오히려 즐기면서 넘실거렸다. 그래서 부러지거나 상처받는 일도 없다. 하늘에 떠 있는 하얀 구름도 오색의 물결 따라 움직인다. 춤추는 물결 위로 새 한 마리 앉으려다 파드득 하늘높이 솟아오르며 삐리삐리 삐리리 노래하며 빙빙 하늘을 날고 있다. 나비와 잠자리떼들도 덩달아 바쁘게 움직였다. 누군가 옆에서 덕유산은 천상의 화원이다 말했다. 더 이상 설명할 방법이 없는 적절한 표현이었다.

이곳은 남덕유와 북덕유의 갈림길이다. 그리고 남덕유로 뻗은 능선은 전라북도와 경상남도의 경계선이기도 하다. 남덕유로 가는 능선이 꿈틀꿈틀 환상적으로 보인다. 내년 이맘때면 저곳을 종주 하리라 마음먹고 우린 북덕유산을 향해 숲 속 길로 들어섰다. 길가에 채송화꽃처럼 작은 빨간 꽃이 삐쭉 고개를 쳐들고 나와 저도 한 몫 하겠다 애교를 떤다. 옥잠화 같은 이파리의 꽃봉오리는 보라색으로 몽울몽울 금방 터트릴 기세로 준비되어 있었다. 송계 삼거리 봉을 못 미쳐 오름길에는 또 다시 원추리꽃으로 물결을 이루었다. 정성 들여 가꾸어 논 정원의 소담스런 장미꽃이나 국화꽃이 이보다 더 아름답겠는가? 모진

세파를 잘 견디는 강인한 내면과 겉으론 한없이 순수하고 연약한 야생화의 그 자태는 우리 한국인의 어머니들처럼 아름다우면서도 위대하게 보였다.

야생화에 반해 멀리는 눈 돌릴 겨를도 없이 어느덧 해발 1,500미터가 넘는 송계 삼거리에 올랐다. 바로 위로는 중봉, 그 옆으로는 정상이 가깝게 올려다 보였다. 우리가 밟고 온 능선길과 남덕유로 뻗은 짙푸른 능선이 선명하게 보였다. 무룡산과 삿갓봉, 남덕유산이 키를 재고 있듯 뾰쪽뾰쪽 앞다투어 서 있었다. 우리가 하산할 송계리 능선도 길게 펼쳐있었다. 남쪽으론 하늘과 맞닿은 지리산이 장쾌하게 펼쳐있었으며 아스라이 보이는 노고단에서부터 천왕봉까지의 장대한 능선 100길은 보기만 해도 가슴이 설레었다.

우린 할 일을 마친 사람들처럼 송계봉에서 느긋하게 앉아 경치를 감상하며 점심을 먹었다. 적어도 이 시간만은 이 세상에서 가장 행복한 사람이라 자처하며 이리저리 세상을 굽어본다.

하산 길은 계속 하늘도 보이지 않는 울창한 숲 속으로 3시간을 걸려 내려왔다. 거의 다 내려와서는 회원 다섯 명이 땅벌에게 쏘였다. 산길을 걷다보면 종종 흙이 부수수하게 소복이 쌓이고 쥐구멍 만하게 뚫린 것을 볼 수 있다. 그런 것이 벌집이다. 그런 것이 발견되면 밟지 말고 피해가야 한다. 모르고 밟았다 하면 그야말로 벌집을 쑤셔놓는 격이 된다. 그 날도 앞서가는 회원이 밟고 지나간 후 공격을 당했다. 전경숙 씨는 아프다는 다리를 벌에 쏘였다. 벌침 맞아 약이 되겠다면서 웃으며 내려왔는데, 그 중 진달래 팀 회원 한 명이 혈관을 쏘였는지 심각해서 병원까지 들렀다왔다. 산에 오래 다니다보니 이런 저런 갑작스런 일이 일어날 때가 종종 있었다. 그때마다 당황하지 않고 잘 대처해서 별일 없었지만 앞으로도 순풍에 돛단 듯, 어려운 일이 없기만을 마음속으로 기도할 뿐이다. (산행시간 6시간 30분)

(2001. 7. 19)

기백산과 금원산을 : 기백 · 금원산

암반 위로 흐르는 물은 음악이고 예술이었다

해발 1,331미터 기백산과 1,353미터인 금원산을 나이 먹은 여자들이 하루에 다녀온다는 것은 무리인 것 같으나 그 동안의 경험으로 보아 충분히 해낼 것으로 믿고 나섰다.

경남 함양군 안의면 용추계곡으로 들어가서 주차장 위 넓은 공터를 지나고 갈림길에서 오른쪽 도수골로 산행은 시작되었다.

처음부터 하늘도 보이지 않는 빽빽한 숲 속 길로 들어섰다. 풀잎 향기가 살랑살랑 바람따라 코끝에 와 닿으며 온몸으로 스며들었다. 넓게 난 산길을 휘돌아 올라갈 때는 산책코스를 걷는 느낌이 들어 상쾌하기만 했다. 그렇게 2시간 정도 한없이 깊은 산중으로 들어가다가 마지막 오르막길은 숨이 턱밑까지 차 과연 높은 산임을 실감케 하였다.

한숨 돌리기 위해 잠시 쉬면서 뒤를 돌아보니 갑자기 전망이 확 트여 천지사방이 다 보이는 능선에 올라섰다. 앞에는 높고 험하게 보이는 산이 있어 무슨 산일까 하고 지도를 꺼내어보니 황석산이었다. 나는 멀지 않아 저 산에도 도전하리라 마음먹고 올라가기 시작했다. 정상에 올라가면 모든 산하가 다 보이는 멋진 풍광을 볼 수 있을 것 같았다. 거기서 20분 정도 올라가니 기백산 정상이었다.

삥 둘러 전라도와 경상도의 높은 산들이 한눈에 들어왔다. 멀리 남으로는 크나큰 지리산이 쭉 펼쳐져 하늘과 맞닿아 있고 북으로는 장대한 덕유산, 동으로는 멀리 가야산, 서쪽으론 장안산, 이 근방에 1,000미터가 넘는 고봉들이 20여 개나 된다니 삥 둘러 높고 낮은 산이 줄을 이었다. 정말 깊은 산중이며 여기가 전망대로다.

금원산으로 가는 능선길이 순하고 부드럽게 펼쳐져 있어 내 마음을 사로잡았다. 빨리 걷고 싶은 마음에 가슴이 설렜다. 가뭄으로 나뭇잎이 메말라 단풍지는 늦가을처럼 온산은 붉은 옷으로 갈아입었다.

2개의 돌탑과 '기백산 1,331미터' 라고 써서 세워 논 탑 옆에서 점심을 먹고 금원산을 향하여 능선길로 접어들었다. 누룩더미를 쌓아 논 것 같다하여 누룩바위라 부르는 암봉의 암반에 올라가 잠시 쉬기도 하면서 억새꽃이 피기 시작한 좁은 숲 속 길을 걸었다. 하얗게 핀 구절초와 들국화가 군데군데 만발하여 가을의 정취가 물씬 풍겼다.

금원산에 다다랐을 즈음 헬기장이 있었다. 금원산에서 휴양림으로 내려가는 안내판이 있으며 조금 더 올라가니 금원산 정상이었다. 우리가 걸어온 십리 능선길과 기백산 정상이 보이고 좀 전의 험한 기세로 가깝게 보였던 황석산도 저 멀리 달아난 듯 아스라이 보였다. 덕유산은 바로 눈앞에 웅장한 모습으로 가깝게 다가왔다.

잠시 후 금원산 휴양림 쪽으로 하산했다. 한참을 내려오니 계곡이 나왔다. 그 계곡에는 유안청폭포와 자운폭포가 있는 깊은 계곡이었다. 그런데 폭포는 물이 얼마 없어서 아름다운 모습을 보여주지 못했다.

조금 더 내려오니 자연휴양림이 숲 속의 별장처럼 보였다. 아래로는 큰 계곡이 모두 매끄러운 암반으로 되어있었고 그 암반 위로 흐르는 물이 얼마나 깨끗하고 아름다워 보이는지 이것은 단순히 물이 흐르는 것이 아니고 마치 영혼이 살아 춤추는 예술이었고 물소리 또한 음악이었다. 한참을 보고 있노라니 내 영혼도 물결 따라 흘러간 듯 넋을 잃고 말았다. 다음에 가족과 함께 휴양림에 와서 휴가를 보내리라 생각하고 아쉬운 마음으로 발길을 돌렸다. (산행시간 7시간)

(2001. 9. 20)

네팔의 안나푸르나 트레킹

빙산처럼 보이는 안나푸르나 연봉은 구름 위에 떠 있고

말만 들어도 산악인들의 가슴을 설레게 하는 히말라야산맥의 안나푸르나를 향하여 무거운 배낭을 짊어지고 집을 나섰다. 사십대에서부터 육십대 초반으로 이루어진 대전 YWCA 여성산악회원들은 대다수가 산행 12년의 경력자로 베테랑이었다.

인천공항에 도착하니 하늘이 구름과 안개로 휩싸여 있었다. 며칠 전 짙은 안개로 인해 비행기가 연착이 되어 중국까지 갔다가 네팔로 가지 못하고 그냥 돌아온 일이 있었기에 나는 내심 걱정이 되어 자꾸만 하늘을 보았다. 다행히 비행기는 제 시간에 짙은 안개와 구름을 뚫고 눈 깜짝할 사이 눈이 부시게 아름다운 풍경 속으로 접어들었다. 햇빛에 비친 세상은 온통 백색의 물결로 눈 쌓인 북극 나라를 보는 듯

했다. 그 속에서 이런 저런 생각에 잠기어 모처럼 마음의 여유를 갖을 수 있었다.

　중국 상해에서 6시간만에 네팔의 카투만두 공항에 도착하였다. 짐을 찾아 갖고 어둠침침한 공항 문을 빠져 나오자 현지 가이드(반타 네바라지)가 우리말로 맞아주었다. 왕궁 주변에 있는 무궁화 다섯 개짜리 라디슨 호텔로 안내해 첫날밤을 편안하게 보냈다.

이튿날

　네팔은 중국과 인도에 둘러싸여 있는 나라로 히말라야산맥 중앙부에 있으며 약 800킬로미터의 히말라야가 걸쳐져 세계의 지붕이라 불렸으며 석가모니의 탄생지이기도 하다. 국토면적은 한반도의 2/3정도로 작은 나라이며 세계 10대 빈곤국 중 하나이다. 여기저기 건물이 망가지고 퇴색되었어도 보수공사를 하지 않아 지저분했다. 그러나 공원에서 아침 산책하며 운동하는 사람들의 모습은 우리 나라와 다를 바 없이 행복해 보였다.

　안나푸르나를 가기 위해 공항으로 나가 작은 경비행기를 타고 포카라로 향했다. 수천 미터 상공에 오르자 창 밖에는 히말라야산맥의 하얀 설산雪山이 장엄하게 줄을 이어 장관을 이뤘다. 암석과 빙산처럼 보이는 하얀 안나푸르나 고봉들은, 아침 햇살을 받아 은백색으로 하늘 위에 떠 있고, 목화솜 같이 희고 보드라운 구름은 그 산허리를 감싸 안았다. 구름 아래론 짙푸른 산이 있고 계곡엔 하얀 운무雲霧가 가득했다. 정말 신비의 세계였다. 거금을 들여왔지만 이 풍경만으로도 벌써 본전은 뽑았다는 생각까지 들었다.

포카라 공항에서 전용버스를 타고 등산 시점인 찬트라코트로 갔다. 대기하고 있던 31명의 가이드와 포터들은 우리의 짐을 나누어지고 우리 대원 21명과 대장정의 등반 길에 올랐다. 혼자 져도 무거운 배낭 서너 개씩 큰 바구니에 담아 등에 지고 올라가는 어리고 키 작은 포터들을 보니 산등에 가냘프게 피어있는 야생화와 같은 생각이 들었다.

포터와 야생화

> 짐을 등에 지고
> 산에 올라가는 포터들
> 다리가 후들후들 흔들린다
> 땀 냄새가 난다
> 비바람에
> 쓰러질 듯 쓰러질 듯 하면서
> 산등성이에 피어있는 야생화
> 은은한 꽃향기가 진동한다
> 마치 포터 같다

또 짐을 운송하는 말이 있었다. 군데군데 십여 마리의 말들이 등에 짐을 지고서 떠그덕 떠그덕 산 위로 올라갔다. 딸랑딸랑 목에 쇠방울을 단 대장 말이 앞서서 올라가면 질서 있게 따라가고, 앞에서 쉬면 그 자리에서 쉬면서 절대로 대장을 추월하지 않았다.

4시간 30분만에 해발 1,450미터에 자리한 비레탄티의 힐레롯지에 도착하였다. 이 산장은 나무로 지은 3층 집에다 나무 침상이 있는 2인

1실로 춥지도 않고 덥지도 않아 잘 잘 수 있었다.

네팔은 작은 나라인데도 한 민족이 아닌 50여 민족이나 되는 사람들이 살고 있었다. 그래서 얼굴도 각기 다르고 우리와 똑같은 사람들도 많아 교민인가 착각이 되기도 했다. 많은 민족들이 사니 일년 내내 명절날이라 했다. 오늘도 어느 명절인지 젊은 사람들이 산장마다 돌아다니며 피리 불고 풍악을 울리며 축제 분위기였다. 우리도 그 나라 주민들과 같이 어울릴 수 있는 계기가 되어 춤도 추며 즐거운 시간을 보냈다. 문명을 모르고 사는 것이 더 행복해 보였다. 모두가 즐거운 표정들이었다.

3일째

본격적으로 가파른 오르막길이 시작되었다. 따가운 햇빛 속에 힘겹게 산을 오르려니 온몸은 땀에 젖었다. 포터와 가이드들은 무거운 짐을 지고서도 우리의 중간 중간에 서서 우리를 보살피며 올랐다. 이 산을 오는데 우리를 위해 이렇게 많은 인원이 동원되어야 한다니…… 새삼 오기 어려운 곳을 왔구나 하는 생각이 들었다. 우리가 5일간 먹고 지내야 할 쌀과 반찬, 침낭, 솥, 그릇, 가스까지 짊어지고 다녔다. 먹지 못하면 산행을 못하니 잘 먹어야 한다면서 때때마다 한국식 음식으로 맛있게 해주어 잘 먹고 다녔다. 말은 통하지 않았지만 손짓 발짓과 영어 단어 몇 개로 의사 소통이 되어 그들과 금방 친해지기도 했다.

해발 2,200미터 지점의 올레리 산장에 도착하여 점심을 먹은 후, 거기서부터는 오르락 내리락 몇 개의 크고 작은 산을 넘었다. 갑자기 맑은 하늘에서 빗방울이 날리는가 싶더니 점점 하늘이 낮아지며 굵은 빗줄기가 쏟아졌다. 올라갈수록 기온이 낮아지며 콩알보다 큰 우박도 쏟아졌다. 높은 산에 올라가 몇 번 경험했지만 이렇게 햇빛이 쨍쨍한 날에 갑자기 우박이 올 줄은 생각지도 못했다. 포터들에게 모두 짐을 맡겼으니 금방 방수복을 꺼내 입지도 못하고 그 비와 우박을 다 맞았다. 갑자기 기온도 뚝 떨어지고 체온도 떨어졌다. 젖은 몸으로 해발 2,850미터에 있는 고레파니 산장에 도착하니 썰렁했다.

네팔은 난방이라는 개념이 전혀 없었다. 따뜻한 온돌방이 생각났다. 오돌오돌 떨다가 오리털 침낭 속으로 폭 들어가 있으니 추위는 점차 풀렸다.

밤이 깊은데도 잠이 오지 않았다. 창문이 훤하여 밖을 내다보니 하얀 설산이 창문 앞에 서 있었다. 나는 깜짝 놀랐다. 어제는 보이지 않았던 산이 갑자기 가깝게 보였다. "낮에는 구름 속에 갇혀 있다가 아무도 보지 않는 이 야밤에 하얀 알몸으로 나와, 달빛을 품고 있구나!" 달빛에 비친 안나푸르나는 맑고 선명하게 보였다.

> 사람들이 곤히 잠든
> 휘영청청한 야밤에 그대는
> 하얀 분칠하고 알몸으로 내 창가로 왔네
> 달빛을 품고 선 그대의 늠름한 기상
> 유리 속을 들여다보듯, 맑고 투명하여
> 샅샅이 보았네
>
> 내 심장이 멎고 말았네

4일째

새벽 4시. 히말라야의 일출을 보러 해발 3,210미터의 푼힐 전망대로 올라가기 시작했다. 처음부터 가파른 오르막길. 몇 발짝을 옮기니 가슴이 터질 듯 숨이 가빠졌다. 등에 맨 작은 배낭을 포터에게 맡기고 부축을 받으며 꼴찌로 정상에 섰다. 가깝게 보이는 다울라기리 (8,167미터), 안나푸르나 남봉 (7,295미터), 마차프차레(6,993미터), 히운줄기 (6,441미터)의 고봉들, 거친 남성의 모습으로 버티고 서 있었다. 마차프차레의 생김새는 생선꼬리처럼 생겨 지은 이름인지 생선꼬리라는 이름도 붙었다. 에펠탑처럼 뾰족한 이 산에는 아직 아무도 접근하지 못했다 한다.

잠시 후, 태양이 탄생하는 순간이다. 주위는 엄숙한 표정들로 조금은 들뜬 기분들이다. 그놈이 얼마나 대단한 놈인지 그놈을 보려고 세계 사

안나푸르나 푼힐전망대에서

람들이 이 꼭두새벽에 이 산에 모여들었다. 이를 지켜본 관중들은 탄생을 기리는 함성과 박수로 축복해 주었고 이어지는 환상의 파노라마를 보았다. 옆에 있는 안나푸르나 연봉들이 찬란한 조명을 받으며 아름다운 자태를 선보이고 있었다. 그 순간들을 포착하려고 모여든 관

중들은 여기 저기서 후레쉬를 터트렸다. 나는 감격과 감사의 마음으로 눈물이 핑 돌았다.

산장으로 내려와 아침을 뜨는 둥 마는 둥 하고는 울렁거리는 가슴으로 하루를 시작했다. 오름 길이 시작되었다. 가쁜 숨을 몰아쉬며 죽을 힘을 다해 걸었다. 그 동안의 외국 산행에서 고소증을 겪은 터라 이 정도론 죽지 않는다는 것을 나는 잘 알고 있었다. 말레이지아 키나바루 산에서는 이틀을 굶고 노랑 물까지 토해 내면서도 죽지 않았다. 2,000미터쯤 내려오니 언제 아팠느냐 싶게 몸이 거뜬했다. 그때를 기다리며 인내와 끈기로 버텼다.

그렇게 큰 산 하나 하나 올라설 때마다 세상이 다 보이는 전망대다. 안나푸르나 雪山이 점점 더 가깝게 보였다. 다시 내림 길과 오름 길이 반복되면서 데울라, 반단티를 거쳐 간드룽으로 정처 없는 나그네 마냥 걸었다. 아직도 속은 미식거려 점심도 먹지 못하고 캄캄한 밤이 되어서야 간드룽의 마운틴뷰 산장에 도착했다.

> 해가 중천에 솟아오르면
> 희고 부드러운 여인의 치마폭에 묻혀
> 해 가는 줄 모르고
> 남들이 곤히 잠든 밤이면
> 알몸으로 나와 달빛사냥 한다
> 훤칠한 키에 우뚝 솟은 콧날에
> 잘 생긴 풍체와
> 위용까지 갖춘 안나푸르나
> 가슴이 두근거린다
> 세상 사람들도

그를 보기 위해, 수억 만리 찾아와
가슴을 수없이 매만진다

5일째

상쾌한 아침이다. 머리가 맑아지고 속도 조금은 편해진 것 같았다.
오늘은 얼마든지 걸을 수 있겠구나 자신감도 생겼다. 이곳 산장에서
도 또 다른 면을 보았다. 히운줄기, 강가프르나, 마차프차례의 연봉은
아침 햇살을 받으며 눈부신 아름다움을 재 표현해 주었다. 여기 날씨
는 언제나 이른 새벽부터 아침 9시까지는 구름 한 점 없는 맑은 하늘

란드롱 산장에서

이었다. 그래서 아침이면 언제나 선명한 설산雪山을 볼 수 있었고 9시 이후에는 구름이 어디서 오는지 산 중턱을 덮으며 봉우리만 남았다. 구름과 산은 한데 어울려 숨바꼭질 하다가 오후에는 구름 속에 묻혀 잠을 자다 새벽이면 늠름한 기상으로 나타났다.

이곳 산장은 해발 2,000미터에 위치한 산간마을. 우리가 갈 길이 해발 700미터는 내려가서 계곡을 건너 다시 내려간 만큼 올라 쳐야만 길이 있는 심산유곡이었다. 급경사의 돌계단 길을 1시간 넘게 내려왔다. 설산雪山에서 내려오는 계곡 물이 희뿌연 하게 흘렀다. 산장에서 볼 때 바로 앞산으로 보였지만 워낙 큰 산 이라서 3시간이나 걸려 란드룽 산장에 도착하였다. 이곳은 산장마다 각양각색의 꽃들이 만발하였고 원두막처럼 운치 있게 잘 꾸며 놓았다. 거기에 확 트인 사이로 가깝게 보이는 설산 또한 최고였다. 이곳에서 먹는 점심은 정말 꿀맛이었다.

모두들 어제보다 힘들다고 뒤에 쳐져 오지만 나는 예상했던 대로 몸도 가볍고 기분도 상쾌하였다. 앞서가면서 주위를 세심하게 둘러볼 여유도 있고 앉아서 쉴 수도 있었다. 앉아서 쉬는 바람에 거머리가 장갑으로 올라와 손등을 물어 피가 줄줄 흐르기도 했다. 여름이면 거머리가 얼마나 많은지 비가 오기 전에 나무에 모두 올라가서 비가 오면 빗속에 뚝뚝 떨어져 등산하는 사람들의 머리에 옷에 붙는다는 말을 들었다. 어떤 여자는 장단지 살 속에 깊이 파고 들어가 간신히 뜯어냈다는 말도 들었다. 나는 이 사실을 실감했다.

어느덧 해는 뉘엿뉘엿 서산에 기울었다. 어제처럼 또 늦을까 싶어 빠른 걸음으로 내려올 때 한 회원이 미끄러져 부상을 입는 불상사가 생겼다. 사고는 언제고 험한 길보다 매끄러운 육산에서 하산할 때 생긴다. 놀란 가슴과 안타까운 마음으로 하산 길을 서둘렀다. 아무리 빨리 걸어도 시간을 따라갈 수 없듯이 산 속의 어둠은 빨리도 찾아들었다. 불빛 하나 없는 내리막길을 더듬거리며 내려갈 때 미리 내려간 회원들이 손전등을 들고 마중 나왔다. 담푸스 산장에 도착하니 전기불도 켜지지 않아 준비한 촛불로 밤을 보냈다. 이제 내일이면 산행은 끝이다. 저녁에는 산장의 넓은 정원에서 모닥불을 피워 놓고 가이드와 포터, 요리사와 우리 회원들 모두 나와 둥글게 둥글게 돌며 캠프파이어를 가졌다. 두 나라의 민요를 부르며 춤을 추고, 그 동안 서로의 정에 감사하며 뜨거운 작별의 시간을 가졌다. 정말 한나라 한민족 같은 분위기였다.

6일째

이곳은 해발 1,650미터의 담푸스 산장. 내내 좋았던 아침 날씨가 오늘은 구름이 일찍 몰려와 산을 에워싸고 산봉우리만 남았다. 내려와서 보니 산은 더 높아 하늘 끝에 걸려 있는 듯 했다. 아쉬운 마음으로 멀어져 가는 산을 뒤돌아보며 가이드한테 배운 그 나라의 민요 "레썸 비리리 레썸 비리리/ 우레라 정키 라라마 보썸 레썸 비리리"를 부르며 왔다. 어느덧 나도 새처럼 가볍게 페디의 휴게실에 앉아 쉬었다.

위 노래는 '실크처럼 부드럽다 나는 새처럼 되고싶다 산 위에 앉을까 내 마음 부드럽다'라는 뜻의 흥겨운 곡.

(2001. 10. 28. 대전 YWCA 등산 C팀과 상록수 21명)

거제도의 산과 바다 : 노자산

등산하고 해상 관광도 한 일석이조의 즐거움

거제도는 남해안의 최대 관광지로써 바다의 금강 해금강이 있고
남국의 정취가 물씬 풍기는 외도 해상농원이 있다. 거기에다 남해바
다를 한 눈으로 바라다 볼 수 있는 거제도에서 제일 높은 노자산(565
미터)과 가라산이 있어 산을 좋아하는 우리로서는 등산하고 해상 관
광도 할 수 있어 일석이조의 즐거움을 누릴 수 있는 좋은 하루였다.

얼마 전까지만 해도 하루 코스로는 엄두도 내지 못할 일인데, 대전
진주간 고속도로가 개통되는 바람에 일찍 출발하면 되리라는 생각으
로 지도를 보며 하루 일정을 짰다. 처음에는 노자산과 가라산을 종주
하고 싶은 마음이었으나 얼마 전 기백산과 금원산, 가지산과 운문산
종주를 하고 난 후 너무 힘들다는 회원들이 있어 이번에도 종주하자

는 말이 차마 입에서 떨어지지 않았다. 나 또한 오랜 시간 버스를 타고 가서 긴 산행하기에는 좀 무리가 따를 수 있지 않을까 걱정도 되어 노자산만 등산하기로 했다.

대전 통영간 고속도로를 달리다 보면 7부 능선의 산 속을 가로질러 가는 느낌이 든다. 무주의 적상산을 지나고 나면 향적봉에서 남덕유산으로 이어진 덕유산을 볼 수 있으며  기백 금원, 황석산의 높은 산들이 줄을 이어 장관을 이룬다.

거제도에 닿아 휴양림이 있는 학동리로 가서 산길로 들어섰다. 1시간쯤 올라가니 전망대가 있고 전망대에서 노자산 쪽으로 가는 바위 능선에 오르니 갑자기 시야가 확 트이며 새파란 바다가 보여 섬 가운데 서 있는 느낌이 들었다. 거기서 내림 길로 접어들다가 다시 산 하나를 힘겹게 오르고 보니 작은 암봉으로 된 정상이었다. 정상에는 파란색의 산불 감시소가 있고 감시원이 있어 이 고장 사람들이 산을 무척 아끼고 사랑한다는 느낌을 받았다.

가까이 또는 멀리 크고 작은 검푸른 섬들이 바다에 옹기종기 떠 있었다. 수평선 위로 해금강을 넘나드는 유람선이 반짝반짝 은빛 물살

을 뿌리며 떠다녔다. 이곳 사람들의 생활 터요 황금 어장인 인공어장
이 얼기설기 밭아래서 풍요롭게 꿈틀댔다.

　바로 아래 헬기장에서 배낭을 풀어 점심을 먹고 곧바로 내리막길
이 시작되는 휴양림 쪽으로 내려오는데 임도가 나올 때까지 길이 무
척 험했다.

　넓은 비포장도로가 나오면 정수장이 있는 학동고개가 보이고 우측
으로 가야만 그곳으로 갈 수 있었다. 그 길가에는 가로수를 동백나무
로 심어 놓았고 개화시기를 앞 둔 동백꽃은 벌써 하나 둘 터트리기
시작하였다. 이미 활짝 핀 나무도 있었지만 1월 중순경이 되어야 만
개한 동백꽃을 볼 수 있을 것 같았다.

　기다리고 있던 버스를 타고 외도를 가기 위해 장승포 선착장으로
갔다.

　바닷가의 새로운 풍광이 안내자의 방송소리와 더불어 아름답게 스
치고 지나갔다. 우리가 등산했던 노자산이 높게 보였다. 물 속에 절벽
을 이루고 서 있는 해금강은 우리 나라 사람이면 누구나 한 번씩은
보았을 것이다. 그만큼 이름이 나 있는 신비스럽고 아름다운 기암괴
석이었다. 그 안으로 들어가 보면 십자동굴로, 돌기둥 같이 깎아지른
절벽과 십자로 하늘만 보인다. 한바퀴 돌아 숲으로 둘러싸인 외도에
정착했다.

　나는 외도를 처음 가보았다. 보나마나 사람이 꾸미고 다듬어 놓은
식물원일 것 같아 그런 곳이라면 가까운 곳에 얼마든지 있지 않을까.
너무 예쁘고 소담스러운 꽃은 사람의 손에 의해 만들어 놓은 조화 같
은 느낌이 들어 가냘프게 핀 야생화만큼 예쁘다는 느낌이 없었다. 그

래서 이제서야 와 보게 되었는지도 모른다. 그런데 들어가는 길목에서부터 향나무와 열대식물의 자태에 탄성을 자아냈다. 그리고 740여 종의 나무와 꽃은 하나 하나가 완성된 작품이었다. 한 마디로 말해 어떻게 그런 창작을 고안해 냈을까 싶었다.

이 섬을 이렇게까지 만들어 놓은 외도의 주인 부부夫婦는 개인의 성공이지만 애국자가 되었다. 캐나다 빅토리아의 부차든 가든도 폐광을 일구어 아름다운 꽃동산을 만들어 세계의 관광객을 끌어들여 외화를

노자산 등산을 마치고 외도에서

벌어들이고 있다. 그로 인해 주변의 많은 사람들에게는 일자리가 주어지고 있지 않은가. 이곳도 규모는 작지만 참 아름다웠다. 바다 속에 동동 떠 있는 작은 환상의 섬, 남국의 정취에 취해 낭만이 있는 섬, 전망대에 오르니 바다와 어우러진 공원의 경치가 더욱 더 아름다웠다. 오늘 와 보기를 참 잘했다 싶었다.

신의 작품 : 태백산

철쭉은 하얀 산호초가 되어 물결을 이루었고

함박눈만 내리면 태백산에 가고 싶다. 그만큼 눈 쌓인 태백산은 매력적이며 또한 위험하지도 않아 엉덩이를 땅에 대고 내려오는 즐거움이 만점이었다. 그런데 오늘은 말로는 다 형용할 수도 없으며 상상도안 되는 태백산을 보았다.

겨울 산행에 멀고 높은 장거리 산행을 잡아 놓고 나면 걱정이 되어잠을 이루지 못하는 날이 많다. 눈이 많이 와서 길이 막히지는 않을까, 눈이 오지 않아 설경을 못 볼까, 열심히 공부는 하지만 길을 몰라헤매지는 않을까 이런저런 생각을 하다보면 일어날 시간이 된다.

이번에는 더 걱정이었다. 지난번 산행 때 다음 태백산은 하늘이 두

쪽이 나도 가야 한다고 약속했다. 새해 첫 주에 태백산을 가기로 약속하였으나 나의 개인적인 사정으로 갑자기 취소가 되는 바람에 회원들이 잔뜩 기대했던 산행에 차질을 가져 혼동을 불러일으킨 적이 있었다. 그래서 이번만큼은 만족하게 다녀와야만 했다. 그런데 또 새벽 뉴스에 강원도 산간 지방에 차를 통제한다는 보도가 나왔다.

"기사님! 어떡하지요? 길이 막혔다는데," 기사는 망설이는 기색도 없이 "가보는 거지요" 하고 말했다. 나는 거기서 힘을 얻어 "그럽시다! 가다가 못 가면 아무 산이나 등산하고 오면 되지요" 하며 42명을 태운 우리 버스는 새벽 6시에 출발했다.

우리는 그렇게 가벼운 마음으로 떠났다. 대전에는 눈이 오지 않았는데 충북 괴산쯤 가니 눈이 조금씩 날리면서 산과 밭에 하얗게 쌓였다. 얌전하게 차곡차곡 내려 쌓인 눈은 온 세상을 소복소복 덮었고, 나뭇가지들은 하얀 눈꽃을 피웠다. 회원들은 올해 들어 처음 보는 백색의 물결에 환호성을 쳤다.

내내 그런 풍경을 보며 태백산 유일사 입구 주차장에 닿았다.

눈이 많이 와서 우리가 길을 내며 올라가는 것은 아닌지 했는데, 벌써 많은 사람들이 지나간 발자국이 있었다. 우리 차와 경상도에서 한 차가 와서 70~80여 명이 꼬리에 꼬리를 물고 올라가기 시작했다. 조금 올라가다 보니 갈림길이 나왔다. 왼쪽은 넓은 길로 조금 수월하다 하여 그 사람들은 그 쪽으로 올라가고 우리는 직진하여 처음부터 가파른 지그재그 오르막길로 올라갔다.

앙상했던 나무들이 하얀 눈으로 치장하고 작은 풀 잎새 하나 하나에도 눈꽃이 핀 모습이 그렇게 아름다울 수가 없었다. 이쪽 길이 조금 어렵다하여 앞서 올라간 발자국도 없는 하얀 눈길을 밟으며 능선으로 능선으로 정상을 향해 올랐다.

태백산의 자랑거리인 주목 군락지에 도착했다. 자연만이 빚어낼 수 있는 신비의 작품이었다. 하얀 눈으로 천지를 덮어버린 빙하의 나라, 환상의 나라. 주목나무의 묵은 가지는 꼭 노루 사슴뿔처럼 하늘 위에 솟아있고, 그 잎새는 튀김옷을 입혀 바삭바삭 튀겨놓은 것처럼 나뭇가지 위에 있었다. 온 산의 철쭉은 하얀 산호초가 되어 물결을 이루었다. 닿으면 떨어질까 쏟아질까 가만가만 몸을 피하면서 다녔는데, 한번 손으로 만져보니 꽁꽁 얼어붙어 다그락 다그락 소리가 울렸다.

사진 기사들이 때를 만나 여기 저기서 아름다운 사진을 찍기 위해 받침대 위에 사진기 놓고 사진을 찍었다.

감탄사를 연발하며 계속 입을 다물지 못하고 천제단이 있는 정상에 올라섰다. 천제단은 움막처럼 돌로 둥그렇게 쌓아 놓고 가운데에는 '한배검' 이라고 쓴 입석이 있었다. 그 안에는 정성을 드리며 기도하는 사람들로 가득 차 있었다. 태백산! 이름도 장엄한 태백산에 오면 나도 마음이 저절로 숙연해진다. 기도하면 금방 내 목소리가 하늘에 닿을 것만 같이 감격스럽다.

갑자기 함박눈이 펄펄 날리기 시작했다. 그래서 먼 곳의 조망은 보이지 않아 눈앞에 있는 풍경만으로 만족하고 하산하기 시작했다.

당골로 내려오는 길은 눈썰매장이 따로 없었다. 엉덩이를 땅에 대면 그냥 미끄러져 내려왔다. 모두가 천진난만한 아이들처럼 좋아하며 빨리도 내려왔다.

얼음 조각 공원에서는 눈꽃축제를 하기 위하여 얼음덩이를 쌓아

놓고 아직은 무엇인지 알 수 없을 모양으로 깎아 내리며 분주한 모습들이었다.

많은 사람들이 태백산에 와서 이 아름다움을 보고 행복해졌으면 좋겠다.

(2002. 1. 17)

운이 좋은 날 : 백운산

백운산의 설화와 매화마을의 매화꽃을 보고

누구나 봄을 기다린다. 겨울이 싫어서가 아니고 새 생명이 움트고 싹 트는 꽃피는 봄을 좋아한다. 나는 봄을 기다리지 못하고 봄을 찾아 매화꽃을 보러 매화마을을 갈 생각으로 광양에 있는 백운산을 정했다. 먼저 지도를 꼼꼼히 찾아 살펴보고 광양시청 관광과로 전화해서 입산통제는 아닌지, 어느 코스가 가장 좋은지 알아보고 출발했다.

대전 진주간 고속도로를 벗어나 남해고속도로 빠져 광양 나들목으로 나갔다. 조금 가다 보니 백운산의 이정표가 있어 금방 찾을 수 있었고 멀리 보이는 높은 산이 있어 백운산임을 알아챘다.

관광과에서 친절하게 알려준 대로 찾아간 곳이 옥룡면 진틀. 우리가 도착해 보니 벌써 관광차가 3대나 와 있었다. 길게 펼쳐진 산의 능선길이 완만해 보이고 따뜻하게 보여 재미있을 것 같아 마음이 설레었다. 또한 높은 봉우리마다 하얀 눈꽃은 벚꽃이 만발한 것처럼 피어 있어 마음을 재촉케 하였다.

우리 회원 39명은 차에서 내리자마자 빠른 걸음으로 내달려 올라가기 시작하였다. 처음부터 왜 그리 빨리 가느냐 물으니 "저 눈꽃이 녹을까봐 그래요" 했다. 어디 나만이 마음이 설레었겠는가. 백운산에는 대개 삼림욕장에서나 볼 수 있는 키가 크고 100년은 넘게 보이는 큰 나무들이 빽빽이 들어서 있었다. 고로쇠나무가 많아 여기저기 하얀

비닐호수가 바닥에 늘어져 있었다. 어떤 나무는 한 나무에 3~4개씩 꽂아 논 것도 있어 불쌍한 생각마저 들었다.

요즘 날씨가 따뜻해서 이젠 완연한 봄이구나 했더니 산중턱에서부터는 하얀 눈이 쌓였고 마른나무 가지에는 녹다가 얼어붙은 수정

광양 백운산 눈꽃을 보며

같은 얼음꽃이 방울방울 햇볕에 반사되어 눈이 시리게 아름다웠다. 오랫동안 산에 다니다 보니 얼음꽃도 다양하게 보였다. 오래 전에 군자남봉에서 보았던 빙화氷花는 잊혀지지 않는다. 그 많은 나무 가지에

하나같이 한판에 찍어낸 머리 빗 모양으로 터널을 이루었다. 그때의 그 신비스런 빙화氷花는 다시 보지 못했다.

올라갈수록 나무들은 하얀 눈꽃으로 변해 백색의 물결이었다. 따뜻한 남쪽 지방에 매화꽃을 보러왔는데 눈꽃이 웬 말인가.

우뚝 솟은 백운산(해발 1,217.8미터) 정상의 암봉에 오르자 남해안 일대가 모두 보였다. 어쩌면 남해의 지도를 펴놓고 보는 것 같이 전망이 최고 좋은 산이라 생각되었다.

북으로는 지리산이 노고단에서부터 천왕봉까지 펼쳐있었다. 마치 포카라에서 보는 록키산맥처럼 지리산은 하얀 설산으로 하늘과 맞닿았다. 광양제철의 건물은 멀리서 보아도 웅장하였다.

정상에서 내려와 눈꽃 속에서 점심을 먹은 후, 또 다시 행군은 시작되었다. 시야가 탁 트인 1,100봉에 올라서니 여기는 눈이 오지 않았는지 눈은 없고 따뜻한 봄기운이 돌았다. 우리가 가야 할 능선 위에 금방 아지랑이가 아롱아롱 거릴 것만 같이 따뜻해 보였다. 빨리 걷고 싶은 마음에 발걸음이 가벼웠다. 푸른 솔밭을 지나고, 억새풀밭을 지날 때는 영남의 알프스가 떠오를 정도로 널따란 평원이었다.

2시간 정도 능선을 밟고 억불봉이 올려다 보이는 넓은 공터에서 광양제철 수련장으로 하산했다. 깊은 산 속에 수영장까지 갖추어 놓은 수련장을 보니 참 깨끗하게 잘 지어 놓았다는 생각이 들었다.

주차장에서 기다리고 있던 차를 타고 우린 또 섬진강을 따라 올라가 다압리 매화마을을 찾아갔다. 섬진강 강가의 마을에 들어서는 순간부터 논과 밭둑에는 하얗게 꽃이 만발했다. 좀 전에는 하얀 눈산에서 눈꽃을 보고, 이젠 백운산 너머에서 활짝 핀 매화꽃을 보았다. 등

하나를 놓고 하루에 겨울과 봄을 넘나들었다.

섬진강을 내려다보고 있는 주변의 산골 마을은 동화 속에서 상상했던 그 마을 그대로였고 "나의 살던 고향은 꽃피는 산골" 그 동요 속의 나라였다. 오막살이 굴뚝에서는 지금도 나무를 지피는지 저녁 연기가 모락모락 피어올랐다. 언젠가 김용택 시인의 섬진강에 대한 시를 읽어본 기억이 났다. 시를 읽으며 쓸쓸하고도 아름다운 상상을 했었다. 이렇게 아름다운 산골 마을에 와 본다면 누구나 마음은 시인이 될 것 같았다.

하동으로 다시 나와 섬진강 휴게소 식당에서 제첩국을 먹고 포만감에 행복하기만 하였다.

오늘은 때아닌 설화와 빙화를 보고 따뜻한 봄날의 소나무 길, 억새 길, 숲 속의 깨끗한 수련장, 섬진강 매화꽃을 골고루 만났다. 그리고 재첩국까지 먹었으니 운이 좋은 하루였다.

(2002. 3. 7)

하늘 위를 나는 기분 : 덕유산

산은 자기를 좋아하는 자에게 더 아름다운 모습을 보여 주고

나는 언제부터인가 덕유산을 무척 좋아하게 되었다. 얼마나 좋아하는지 덕유산이란 말만 들어도 가슴이 두근댄다. 그래서 계절이 바뀔 때마다 찾아간다. 봄이면 향적봉에서 중봉까지의 철쭉과 고사목이 탄성을 자아내게 하고 여름이면 동엽령에서 중봉 사이의 원추리와 야생화로 산을 뒤덮은 천상의 화원을 걷곤 했다. 가을이면 남덕유의 기암봉과 단풍의 어우러짐, 그리고 겨울이면 설천봉에 올라가 설화를 보며 감상에 젖는다.

나는 7월이 오길 기다렸다. 이번에는 삿갓골재에서 무룡산(해발 1,491.9미터)으로 동엽령으로 해서 안성리로 하산할 예정이었다. 야생화 보기는 이른 감이 있지만 초원 위를 걷고 싶었다.

대전에서 6시에 출발하여 2시간만에 경남 거창의 황점 마을에 도착하였다. 우리가 일찍 가는 바람에 매표소에는 표 받는 사람이 없어 곧장 산길로 들어섰다.

아침부터 날씨가 후텁지근하더니 산 속으로 들어섰지만 더운 건 마찬가지였다. 찜통 속처럼 더워 몇 발짝 가지 않아서 땀이 줄줄 흘렀다. 올 여름 들어 최고로 더운 날씨인 것 같았다. 어쩌다가 계곡을 만나거나 남풍이 불어오면 그렇게 시원하고 고마울 수가 없었다.

2시간만에 삿갓골 대피소에 올라섰다. 이젠 어려운 등산길은 끝났다. 전망이 탁 트이고 바람불어 시원한 능선 길은 어렵다기보다 즐거웠다. 벌써 풀잎부터 달랐다. 어린 녹색 잎이 기름칠한 것처럼 반들반들 빛났다. 하나 하나가 작품이었다. 안면도 꽃박람회에서 본 들풀과 야생화다. 그 아름다운 풀잎 사이사이에 꽃봉오리가 방울방울 맺혀있었다. 온 산하가 다 보였다. 마치 하늘 위를 나는 기분이었다. 모처럼 나온 김홍분 씨와 강정숙 씨는 힘이 들어 지쳐 있었다. 그래서 쉬지 말고 꾸준히 다녀야 한다는 교훈을 주었다.

무룡산 정상에서 점심을 먹고 쉬는 시간을 가졌다. 우리가 걸어온 길은 까마득하게 보였다. 향적봉과 중봉은 바로 앞에 있으며 서쪽으론 기백산과 금원산, 황석산과 거망산이 길게 보였다.

또 걷기 시작했다. 동엽령에 다 왔을 때쯤은 싸리나무가 많아 이 나무에 꽃이 다 핀다면 얼마나 아름다울까? 하고 생각했다. 7월말쯤이면 노란 원추리꽃과 빨간 싸리꽃이 만발할 것 같았다.

동엽령에서 칠연폭포 주차장으로 하산했다. 오늘도 덕유산은 새로운 모습으로 나를 사로잡고 말았다. 산은 자기를 좋아하는 자에게 더욱더 아름답게 비쳐주는가 보다. (산행시간 7시간 20분)

(2002. 7. 4)

강화의 석모도를 찾아 : 낙가산·상봉산

산은 언제나 힘든 나의 도전자

섬에 가고 싶어 섬 안에 있는 산을 찾아보았다. 그러나 웬만한 산
은 다 가 보았고, 강화도 근방을 살펴보다가 석모도가 생각났다. 마침
우리와 맞는 해명. 낙가. 상봉산이 길게 연결되어 있어 바다를 보며
시원한 능선을 타면 좋겠다는 생각이 들어 등산 안내 책자를 열심히
읽고 자료를 조사했다.

강화도하면 나는 먼저 갯벌이 떠올랐다. 십여 년 전, YWCA의 역사
기행으로 강화도에 간 적이 있었는데 썰물 때 바닷가 갯벌을 보고 놀
랐다. 바다 하면 끝없는 수평선, 하얀 파도가 떠오르는데 이곳은 그게
아니었다. 가는 곳마다 바다 속은 끈적끈적하게 생긴 시커먼 진흙이
덮여 있고 물도 흙탕물이라서 바다를 보는 느낌이 아니었다.

김포를 지나 강화도 가는 강변도로는 이중철책을 쳐놓았다. 지도를 보아 군사 경계선인 듯 했다. 강 건너의 임진강으로 가는 강변의 도로가에도 철책으로 무장했다. 나는 지도를 보았다. 강화도 위로 강을 따라 거슬러 올라가면 이북의 예성강과 만나는 황해바다이며 강 건너는 이북 땅이었다.

4시간만에 도착한 곳이 강화도의 외포리항, 너무도 뜨거운 날씨라서인지 복잡하지 않아 금새 배를 탔다.

갈매기떼가 인상적이었다. 새우깡을 들고 손끝에 놓으면 갈매기가 채간다. 배를 타고 건너갈 때도 빙빙 돌면서 자꾸만 따라오며 던져주는 새우깡을 잽싸게 받아먹었다. 갈매기와 놀다보니 내릴 시간이 되었다.

지도를 보면서 진득이 고개를 잘 찾아 산으로 들어섰다. 그늘 속이지만 바람 없는 숲 속이라서인지 5분도 못 되어 옷을 한가지씩 벗었다. 이산은 생각했던 것과는 달리 산봉우리가 많고 봉우리마다 암봉으로 솟아있어 쉬기도 좋고 전망이 좋았다. 하나하나 봉을 올라설 때마다 석모도의 경치는 시계방향처럼 삥삥 둘러 다 보였다. 네모 반듯한 염전이며 벼를 심어 논 논이며 모두가 깨끗하고 아름다웠다. 바닷가는 이곳 역시 갯벌이었다. 갯벌은 쩍쩍 갈라져 크게 협곡을 이룬 곳도 많았다.

3시간쯤 여러 개의 봉우리를 오르락 내리락 하다보니 보문사로 내려가는 하산길이 나왔다. 더위에 지쳐 힘들어하던 몇몇 회원들은 그리로 하산하고 우린 또 직진하여 낙가산과 상봉산(316미터)으로 향하였다.

낙가산에 올라서니 보문사 경내가 한 눈에 다 보였다. 이 보문사는 낙산의 홍연암, 남해 보리암과 함께 우리 나라의 관음도량 3대 사찰로 꼽힌다. 이 절에서 기도하면 소원이 이루어진다 하여 많은 불자들이 찾아오는 곳이라 한다. 또한 관광객들도 이 유명한 절을 보기 위해 많이 왔다 간다고 했다.

40여 분을 걸어 상봉산에 올라섰다. 역시 암봉이다. 나는 또 언제 이곳에 오겠는가 싶어 보고 또 보고했다. 상봉산의 일몰은 환상적이라 들었다. 저 끝없는 수평선의 바다 속으로 해지는 모습을 본다면 얼마나 황홀할까? 돌아서기가 너무나 아쉬웠다.

우리는 왔던 길로 내려가 보문사 뒤에 있는 관음좌상 여래불상을 보고 감사한 마음으로 두 손을 모았다.

보문사에 와서 대웅전에 들려 또다시 합장하고 석간수로 목을 축이니 물맛이 꿀맛이었다. 오늘 우리는 셀 수 없이 많은 봉을 탔다. 낮은 산이지만 너무나 더워서 만만치가 않았다. 지도를 보니 무려 14개 봉을 우리가 넘고 넘어 다닌 것이다. 5시간 장거리 차행에다 더운 날씨에 5시간 넘게 산행한다는 것은 나이 먹은 여자들로서는 무리가 아닐 수 없었다. 하지만 산은 언제나 힘든 나의 도전자, 그리고 동반자, 힘든 상대일수록 성취감은 더욱 크다는 진리를 알기에 나는 끝없이 도전할 것이다. (산행시간 5시간 30분)

(2002. 7. 18)

등산하고 레프팅까지 : 동강의 백운산

5시간 차 타고 4시간 넘게 등산하고 레프팅까지

작년에 이어 올해에도 레프팅을 하자고 했다.

나는 레프팅만 하는 것으로는 양이 차지 않아 동강 주변의 산을 찾았다. 마침 월간 〈山〉지 6월호와 7월호에 동강 주변의 산이 많이 나와 있어 제일 경치가 좋다는 백운산을 가기로 정하고 400선 산행기의 지도를 보며 정확한 정보를 얻어 자신을 갖고 나섰다.

39명을 태운 우리 버스는 대전에서 5시 30분에 출발하여 강원도 정선군 신동읍 운치리 마을 점재나루터에 도착하니 10시 30분이 되었다.

매표소에서 점재나루터에 다리가 놓여 배를 타지 않아도 된다기에 시간과 돈이 절약되는구나 하고 좋아하며 나루터까지 갔다. 그런데 일이 생겼다. 길이 좁아서 우리 버스하고 큰 덤프트럭은 비킬 수가 없어 후진해서 돌리느라 윤기사가 고생 많았다.

나루터 위로 다리는 놓여 있는데 엊그제 다리공사가 끝났는지 줄을 쳐 놓았다. 우린 건너가도 되는 줄 알고 모두 건너갔다. 건너편에서 아저씨 한 분이 소리치며 쫓아와서 아직은 굳지 않아 안 된다고 했다. 개통식도 안 한 다리를 우리가 먼저 건너가 미안한 생각이 들었다.

아는 길도 물어가라고 나는 처음부터 그곳에 사는 아저씨 한 분한테 길을 물어 올라갔다. 이래저래 시간이

백운산 정상에서

지체되어 10시 50분에 산행은 시작되었다. 동강이 흐르는 산언덕을 휘돌아 올라가다가 시작된 가파른 경사 길은 코가 땅에 닿을 정도로 급경사였다.

30분 후에 능선에 올랐다. 왼쪽으론 동강의 조망이 잘 보이는 전망대가 있고 오른쪽으론 백운산 오르는 수리봉 바위 능선길이 시작되었다. 오늘 우리는 4시간 등산하고 레프팅 하려면 서둘러야 했다. 시간

을 단축하기 위해 전망대는 더 높은 곳에 올라가 보기로 하고 곧장 능선으로 올라가기 시작했다. 양쪽으로는 절벽이요 뾰쪽뾰쪽한 암릉이었다. 너무 평탄한 길보다는 이런 길이 매력이 있었다. 중간 중간에 전망대가 되는 암봉에는 멋진 소나무가 그늘을 만들어주고 아래로는 동강이 흐르고 시원한 바람까지 불어 정말 저절로 탄성을 자아내게 했다.

백운산이 좋아 많은 사람들이 다녀 갔다기에 꼭 한번 오고싶었다. 와서보니 과연 칭찬할 만한 산이며 두고두고 머리에서 잊혀지지 않을 것 같았다.

정상에 가기 전 770봉에서 우측 길은 하산할 코스다. 어딘지 찾아 놓고 올라가려 했는데 찾지 못하고 정상에 올라섰다. 이상했다. 산지와 산행기에 분명히 길이 있었는데······.

정상의 표지석을 보고 반갑기도 했지만 하산 길을 확인하지 못해 내심 걱정이 되었다. 정상은 삼거리였다. 왼쪽 길은 험난해 보이는 5봉 능선이고 오른쪽으로는 하산 길도 없이 푯대봉으로 끝없이 뻗어나가는 능선이다. 나는 지난 1월호 山지에 나온 감동의 산행기에서 이점수 씨가 백운산 등산길에 하산 길을 착각해서 잘못 들어 고생했다는 글을 읽고 유심히 살펴보았다. 이점수 씨는 오늘 우리와 똑같은 등·하산코스를 잡고 정상에서 푯대봉 쪽으로 간 것이었다. 올라와 보니 지도를 보지 않으면 그럴 수도 있겠구나 하고 나는 지도를 다시 꺼내어 자세히 보았다. 분명히 오르던 길로 조금 내려가면 하산길이 있었다.

770봉을 찾기 위해 앞장을 서서 5분 정도 내려가니 평평한 곳이 있었다. 왼쪽으로 살펴보니 작은 나무에 색 바랜 리본이 2개 매달려 있었다. 좁은 길이 숲으로 가려서 언뜻 지나치면 모를 길이었다. 이젠 됐다 싶어 "길 찾았다!" 소리치며 맨 앞에 서서 좁은 길로 내려가기 시작했다. 770봉은 다른 산봉우리처럼 뚜렷하게 솟아 있는 산이 아니었다. 이 길은 가지친 산줄기로 날카로운 능선 길로 이어지다가 또는 직코스로 내려오고, 수풀을 헤치고 내려와서 임도를 만났다. 임도에서 오른쪽으로 조금 내려가니 우리가 시작했던 점재마을 다리가 나왔다.

산행을 무사히 마치고 신나는 레프팅을 하러 갔다. 윤기사는 레프팅 회사에 만전의 준비를 끝내놓고 기다리라는 전화를 하고 출발했다. 도착해서는 곧바로 헬멧 쓰고, 잠수복을 입고, 차를 탔다. 꼬불꼬불 꼬불탕 고개를 넘어 30분 정도 지나 집이 몇 가구 있는 문산 나루터에 도착했다.

우린 산에 갔다온 후라서 준비운동도 필요 없이 노란 해병대 아마존 고무보트에 12명씩 타고 서서히 동강으로 흘러 들어갔다.

강을 사이에 두고 양쪽에는 겹겹이 높은 산봉우리가 즐비했다. 병풍처럼 둘러친 암벽에는 돌 틈에 끼어 제대로 크지 못한 나무가 있어 수석에 분재처럼 모두가 작품이었다.

노를 저으며 산수를 감상하며 물의 흐름 따라 강산여행을 했다. 나는 어느새 세상만사 다 잊고 풍월을 낚는 선비가 되었다. 그러다가도 물이 잔잔한 곳에서는 물 속으로 풍덩 들어가 땀을 식히고 수영을 했다. 그런 때는 천진난만한 개구쟁이가 되어 즐겁기만 했다.

동강에서 최고의 비경으로 꼽히는 어라연 계곡에는 전설도 많고 경치가 좋았다. 삼형제바위가 물가에 물 속에 따로따로 떨어져 상선암 중선암 하선암으로 불리우며 갖가지 모양으로 절경을 이루었다. 두

등산을 마치고 동강에서의 레프팅

꺼비 같다하여 두꺼비바위가 있는데 보는 방향에 따라 두꺼비도 되고 두더지도 되었다. 그리고 이곳에 옛날에는 고기가 많아 "물 반 고기 반"이라 했다한다. 단종의 시신도 발견되었다는 곳이다. 물살이 사나운 곳을 지나칠 때면 출렁출렁 파도를 타며 스릴을 즐겼다. 날은 저물어 땅거미가 질 무렵, 미리 거운교에 도착한 수십 척의 노란 보트들은 깃대를 올리고 와글와글, 꼭 전쟁터에 나가는 모습으로 보였다.

우린 오늘 두 가지 일을 하루에 해냈다. 등산으로 단련된 몸이 아니고야 어찌 두 마리 토끼를 한 손에 잡고서도 끄떡없겠는가. 집에 도착하니 새로 1시가 넘은 늦은 시간이었다.

(2002. 8. 1)

대청봉에서 낙산사로 : 설악산·5

산은 볼 때마다 아름답게 변신하고

단풍으로 곱게 물든 설악산을 보러가자!

한 달 전부터 설악산 관리사무소에 인터넷 예약을 접수하고, 손꼽아 기다렸다가 10월 10일 새벽, 드디어 45명을 태운 우리 차는 뿌연 안개 속으로 미끄러지듯 중부고속도로를 달렸다. 홍천, 인제, 한계령을 넘어 반쯤 물든 내설악의 경치에 감탄하며 가다 오색에서 내려 가파른 길로 올라가기 시작했다. 대청봉까지 5킬로미터의 오르막길, 제일 짧으면서 제일 어려운 코스다. 아무리 어려워도 쉬엄쉬엄 올라가면 되겠지. 우리와 타 지역에서 온 등산객들은 울긋불긋한 옷차림으로 질서정연하게 꼬리에 꼬리를 물고 올라갔다. 날씨 좋고 경치 좋아 상쾌한 기분으로 모두들 발걸음이 가볍다. 설악산을 처음 가보는 회원들이 많아서

너나 나나 할 것 없이 잔뜩 기대에 부풀었다. 가는 줄 모르게 어느덧 설악폭포에 도착하였다. 그곳에서 물소리 새소리를 들으며 오색 단풍 속에서 싸 가지고 온 도시락을 맛있게 먹었다.

여기서부터는 길이 험했다. 지난 태풍 때 무너져 내린 길을 보수하느라 길이 아닌 어려운 길로 가야했고 층층대 오르막길은 숨이 차고 다리가 아팠다. 그러나 아무리 지치고 힘들어도 잠시 후에는 정상에 서서 감격의 시간이 가까워진다는 희망에 마음은 더 즐거웠다. 나는 이렇게 어려울 때마다 나와 내 자신과의 싸움이 시작되었다. 끈기와 인내로 어려움을 이기고 정상에 서면 그렇게 마음이 기쁠 수가 없었다.

4시간 30분만에 대청봉에 올라섰다. 땀이 범벅이 된 채 상봉에 오르니 시원한 바람이 먼저 반겨주었다. 저 넓은 세상이 한 눈으로 보였다. 산은 항상 그 자리에서 그대로 서 있으면서 볼 때마다 아름답게 변신해 있었다. 삥 둘러보고 또 보고, 이젠 목적지인 중청산장이 바로 아래에 있으니 급할 것도 없었다. 그리고 지치고 힘들 일도 없었다. 저기는 공룡능선, 저기는 서북능선, 또 저기는 화채능선, 정말 여유 있어 좋았다. 천불동 주변의 뾰족뾰족한 산봉우리가 여기서 보니 한 장의 그림 속에 가지런히 서 있었다.

중청산장의 가을밤은 별나라에 서 있는 기분이었다. 캄캄한 밤하늘에는 주먹만한 별들이 반짝 반짝, 머리 위에서 금방 떨어질 것만 같고 속초 시내의 불빛은 빤짝빤짝, 금강석을 깔아 논 듯 반짝거렸다. 눈앞으로는 붓으로 그려놓은 듯 검은 화채능선이 곡선미를 자랑했다. 밤바람이 차가워 산장 안으로 들어가니 질서정연하게 누운 모습들이 조금은 피곤한 기색들이다.

설악산 대청봉에서 회원들과 일출을 기다리며

　새벽에 일어나 아침밥, 점심도시락을 챙기고, 일출 맞이하러 대청봉에 올랐다. 하늘 끝에 하얀 구름이 많은 것으로 보아 일출은 틀린 것 같았다. 그러나 동쪽 하늘을 응시하며 기다려 보지만 빨갛게 타오를 뿐, 좀처럼 나타나지 않았다. 아쉬운 마음으로 산장으로 내려오는데 그때야 구름 위로 햇살이 솟아올라 소청봉과 온 산하에 밝게 비쳤다. 찬란한 햇살 아래 10월초의 단풍은 곱기만 했다.

　7시. 우리는 천불동 계곡으로 하산하기 시작했다. 봉정암 또는 소청 산장에서 숙박했던 많은 등산객들은 대청봉에 가기 위해 올라오기 시작했다. 휘운각대피소와 양폭산장에는 등산객들로 대만원이었다.

천불동계곡은 단풍이 절정이었다. 암릉과 암벽 사이에서 자생하고 있는 회귀한 나무들도 고운 옷으로 예쁘게 갈아입고 자태를 뽐내고 있었다. 정말 장관이었다. 수십 미터나 높게 솟아있는 암봉의 귀면암은 그 자체가 수석이며 그곳에 붙어사는 나무는 모두 분재였다.

비선대를 지나 설악동에 도착하니 1시경. 여기까지 왔으니 바다로 가자는 의견이 일치해 낙산사의 횟집으로 향했다. 먼저 해수욕장으로 가서 등산화를 벗고 맨발로 모래 위를 걸으며 밀려오는 바닷물에 발을 적셨다. 꽁꽁 갇혀 있다가 물을 만난 발바닥의 촉감은, 온몸에 생기를 불어넣어 주었다. 끝없는 수평선 위로 파란 하늘과 갈매기떼와 흰 구름의 조화는 언제 보아도 낭만적이었다.

산과 바다를, 그리고 횟집에 가서 살살 녹는 싱싱한 회까지…… 이 세상에서 나는 가장 행복한 사람이다! 하고 소리치고 싶었다.

(2002. 10. 10~11)

YWCA 역사기행: 백제의 발자취를 찾아

해마다 이맘때면 대전 YWCA 성인팀에서는 역사기행을 떠났다. 그 동안에는 외지에 있는 강화도, 철원전적지, 소록도, 부석사 등등 비교적 먼 곳으로 갔는데 이번에는 가까운 우리 지방의 부여와 공주를 찾아 그 옛날 백제의 발자취를 더듬었다.

차를 타고 가면 1시간 거리인 가까운 곳인데도 결혼하고 아이들 데리고 한 번 가 본 후로는 지금까지 선뜻 가지지 않아 이번이 좋은 기회라 생각되었다.

시민회관에서 대형버스 네 대가 나란히 출발했다. 한 차를 타게 된 등산 상록수 팀과 우리 팀은 YWCA에서 나누어 준 유인물을 읽으며 밖을 내다 볼 겨를도 없이 1시간만에 부소산 입구 주차장에 닿았다. 우린 싸 갖고 온 도시락을 짊어지고 소풍 나온 학생들처럼 줄을 서서 즐거운 마음으로 널따란 숲길로 들어섰다.

먼저 백제 말 충신이었던 성충, 홍수, 계백의 위패를 모셔 논 삼충사에 가서 참배하고 나왔다. 빽빽이 들어선 소나무 사이 오솔길은 신선하고도 상쾌하였다. 옛날하고 별로 변한 게 없었다. 아쉬웠다면 오솔길이 콘크리트 포장길이 아니고 흙을 밟으며 새소리를 들으며 걷는다면 얼마나 좋을까하는 점이었다. 정리된 길로 돌아 가다보니 생소하기만 한 영일루, 송월루 정자가 있었다. 이름으로 보아 영일루는 해 뜨기를 보는 곳이며 송월루는 달을 보는 곳으로 이름지은 것 같았다.

몇 발짝 더 올라가니 눈에 익은 사자루가 보였다. 어렸을 적에는 그렇게도 멀고 높게만 보였던 사자루에 이렇게 쉽게 오다니…… 누각에 올라서니 아래로는 숲 사이로 푸른 백마강이 보이고 강 건너론 노란 황금 들녘이 풍요롭게 보였다. 돌계단을 내려가서 낙화암에 도착하니 예나 지금이나 수학여행 온 학생들이 낙화암에 올라가 기념사진 찍느라 줄을 섰다. 바위 난간에서 아래를 내려다보니 수십 미터 낭떠러지에 시퍼런 백마강이요 절벽으로 아찔하였다. '낙화암' 하면 떠오르는 것은 백제가 멸망할 때 의자왕이 거느렸던 삼천 궁녀가 몸을 던졌다는 곳, 떨어지는 그 모습이 마치 꽃잎 같다하여 낙화암이라 하였다. 나는 잠시동안 바위를 보며 '이 바위들은 그때의 일들을 모두 지켜보고 알고 있겠지' 하는 생각이 들었다.

고란사에 도착하니 법당 안에서 스님의 불경소리와 목탁소리가 울려나왔다. 고란초를 보고 약수를 마시기 위해 절 뒤로 돌아가 줄을 서서 기다렸다. 왕이 고란초 잎새를 물에 띄어 마셨다는 약수를 떠올리며 앞에 세워 논 간판을 읽어보니 사람들에 의해 지금은 고란초가 멸종되었다고 했다. 옛날에는 이곳에 오는 사람마다 "저 풀이 고란초야!" 하며 나풀나풀한 연록색의 풀을 보며 신기해하며 약수를 마시면 정말 오래 살거라 믿었었는데, 오늘 와 보니 어느 틈새에 살았는지 흔적조차 찾아볼 수 없었다. 길 따라 뺑 둘러 부소산 한바퀴 돌고는 입구 안에서 즐거운 점심시간을 가졌다.

부여 읍내로 들어갔다. 언제 보아도 한가한 시내의 중심지에 있는 정림사지는 1942년 발굴 당시 고려 현종 때의 절로 정림사지란 이름이 쓰여 있었다한다. 국보 제 9호의 백제 오층석탑은 1,400년을 버티어 오면서 고색 창연한 모습으로 오로지 백제의 숨결을 자랑하고 있었다.

박물관으로 갔다. 1,500년 전의 유물을 통해 선조들의 생활과 지혜와 슬기, 솜씨를 엿볼 수 있었다. 청동기시대의 유물을 발굴한 부여 송국리 마을과 무덤모형이 입체적으로 꾸며져 있었으며 금동미륵반가사유상과 섬세하고 예술적인 금동대향로가 눈길을 끌었다. 우리 나라 국립박물관에 가보면 여자들은 그때나 지금이나 귀금속을 좋아하고 매우 사치하며 살았다는 게 보여졌다.

3시. 예정대로 공주로 향했다. 나른한 오후의 한나절이라서인지 바깥 풍경은 눈에 들어오지 않고 어느덧 공주에 도착하였다.

공산성은 조선시대 때의 이름이고, 백제의 공주 도읍 때에 궁성이었으니 이곳을 웅진성이라 했다. 나는 처음 가보는 곳으로 기대가 되었다. 포장도로를 따라 조금 올라가니 성문이 나왔다. 성문 안에 들어서니 숲을 이룬 동산이었다. 축대를 쌓아 논 성곽을 돌며 물고기가 물을 만난 듯, 과연 이 산소야! 생기가 돌기 시작했다. 곳곳에 백제의 흔적이 담긴 쌍수정, 임류각, 암문터, 격전지의 누각이 지금은 공주 시민의 휴식처로 가까운 곳에서 역사와 자연에 젖어보기 좋은 장소가 되었다. 성곽 아래로는 비단결 같은 금강물이 유유히 흐르고 강 건너에 보이는 하얀 백사장은 해수욕장 같았다. 한 시간 정도의 산책로는 활력소가 되어 피로함이 싹 가셨다. 공주에 이렇게 좋은 곳이 있는 줄 오늘에야 알았으니 그 동안 밖으로만 돈 기분이었다.

지금과는 비교도 안 되는 13만 호가 살았다는 백제의 옛 서울 부여, 123년간의 화려했던 태평세월이 아른 아른거렸다. 내가 이 고장에서 태어나 이 고장에서 산다는 것이 오늘같이 뿌듯할 수가 없었다.

(2002. 10. 22)

이런 산은 처음이었네 : 거망산과 황석산

황석산이 얼마 남지 않았지만

  기백산과 금원산을 종주 하던 날, 기백산 정상에 올라 바로 앞에 험상궂게 서 있는 황석산을 보고 언젠가는 저 산을 올라가 봐야지 하고는 꼼꼼히 지도를 보고 오늘 출발했다. 황석산에 갔다 온 사람들에 의하면 무척 험하다고 했다. 겨울이 오기 전에 가야 되겠다 싶어 오늘 떠났는데 덕유산 휴게소쯤 가니 바람이 불기 시작하면서 한 두 방울씩 떨어지던 빗방울이 거의 도착해서는 가랑비로 변했다. 가끔씩 겪었던 일이지만 이러다가도 그치고 아니면 조금 맞으면서 산행해 본 경험이 있어 대수롭지 않게 생각하고 산행을 시작했다.
  경남 함양군 안의면 용추사 계곡으로 들어가 거망산을 오른 후, 황석산으로 가서 거연정으로 내려갈 코스를 잡고 지장골 입구로 들어갔다. 계곡을 따라 오르는 돌길은 미끄러워 만만치가 않았다. 한 회원이 두 번이나 계속 미끄러져 넘어지고 나니 다른 회원들도 모두 긴장했다.

계곡을 벗어나니 흙산으로 질퍽질퍽해서 무척 미끄러웠다. 계속 그런 길로 가다보니 선두와 끝은 보이지 않았다. 거망산 직전의 오름 길에서는 비바람이 몰아치고 진흙길이 얼음판보다 더 미끄러워 발을 디딜 수가 없었다. 붙잡을 것은 나약한 풀잎 뿐, 배와 얼굴까지 땅에 대고 몇 미터 뒤로 미끄러진 회원들이 여럿이나 되었다. 능선에 올라서니 하얀 눈이 소복소복 쌓이고 비바람이 휘몰아쳤다. 방수복 입은 몸 속까지 파고드는 느낌이었다. 한 번도 하지 않았던 후퇴를 할까 하는 생각도 했는데 이미 올라온 길이 까마득하여 진퇴양난이었다.

능선을 타기 시작했다. 능선 길에 접어드니 바람도 없고 미끄럽지가 않아 이젠 됐구나 싶었다. 허나 구름이 온산을 다 덮어 한치 앞도 안 보였다. 하산 길이 나오면 내려가리라. 몇 봉오리를 넘었지만 거망산의 표지석이 없었다. 시간상으론 황석산에 거의 왔을 것도 같았다.

능선에 접어든지 1시간이 지났을 무렵, 삼거리 하산 길에 이정표가 있었다. 4시간만에 만난 이정표라서 반가웠다. 황석산이 1.3킬로미터, 탁현리 하산길이 3.5킬로였다.

나는 황석산이 얼마 남지 않았지만 바윗길로 위험하다는 생각과 하산 길은 눈과 빗길로 험하다는 생각에 잠시 머뭇거리다가 지금 상황으로는 전진보다는 천천히 하산해야 되겠다는 결단을 내렸다. 예상했던 대로 직경사에 진눈깨비로 질퍽하면서도 땅 속은 얼어서 미끄러워 발을 디딜 수가 없었다. 모두들 진흙에서 머드팩을 한다하며 서로를 바라보고는 그 와중에도 하하 웃으며 내려왔다.

십 년 넘는 등산이래 오늘 같은 날은 처음이었다. 탁현리라는 곳으로 내려오니 밤나무 골을 지나고 큰 길가의 산장가든에 우리 버스가 기다리고 있었다. 길 입구에 세워 논 안내판 지도를 보니 우리가 처음 능선에 올라섰을 때 오른쪽 민둥산이 거망산이었다. 나는 오늘도 큰 교훈을 얻었다. 울툭불툭한 산길은 천천히 걸으면 넘어지지 않는데 매끄럽고 얌전해 보이는 흙산의 성깔은 종잡을 수 없이 무서웠다.

(2002. 11. 7)

남해의 : 설흘산

감탄사만 터져 나올 뿐 아무 말도 하지 못했다

남해대교를 건너 남해읍으로 갔다. 남해읍에서 사촌해수욕장이 있는 곳으로 가라는 진달래 팀 회장 이춘화 씨의 말을 듣고 찾아가니 바다의 풍광을 가깝게 볼 수 있는 해변도로를 달리게 되었다. 꼬불꼬불 산언덕을 휘돌아 한참동안 가다보면 사촌 해수욕장이 나오는데 거기에서 내려 조금 올라가니 왼쪽 산 입구에 리본이 몇 개 붙어있었다. 그 길로 올라가도 되고 조금 더 올라가 느티나무 있는 곳에서 시작해도 조금 올라가면 만나게 되었다. 계속 아기자기하고 아슬아슬한 암릉길로 이어지는데 스릴이 있어 재미있었고 남해의 바다가 한눈에 다 보여 시원하기 그지없었다. 우리가 가던 날은 날씨가 좋아 여수 시내, 바다 가운데 떠있는 오동도, 절벽으로 이어진 돌산이 한 장의 풍경화처럼 보였다. 나는 바다에 취했다.

설흘산

아슬아슬한 능선 길에서
바라본 바다에
나는 취했다

아득한 수평선 위로 나는
갈매기 떼
바다에 동동 떠 있는
섬들
점점 멀리 떠나가는
통통배

바다는 한 장의 화폭이고
한편의 서정시다

나는 벌써
바다에 취해 쓰러졌다

위험한 능선 길에서는 아래로 가는 안전한 길도 있지만 웬만한 사람은 다 갈 수 있었으며 아슬아슬한 줄타기는 옆에서 도와주면 괜찮았다.

첫 번째 높이 보이는 암봉이 첨봉이며 날카로운 암릉을 다 통과하고 나면 돌탑이 있고 푯말이 있는 매봉에 오르게되었다.

거기서 멀게만 보이는 앞산이 설흘산 정상이다. 내려갔다가 다시 오름 길은 산을 반 바퀴 돌아 오르게 되었다.

정상에는 돌로 쌓아놓은 봉화대가 있고 거기서 보는 바다의 경치는 보는 이마다 탄성을 자아내게 했다. 맑고 푸른 청정해역의 남해바다, 그 위에 섬과 고깃배가 한가롭게 떠있었다. '우리 나라 금수강산은 정말 아름답구나!' 또 한 번 느끼면서 내려오고 싶지 않았다.

하산은 오던 길로 뒤돌아 내려가다가 고개에서 가천 가는 곳으로 갈 수도 있으나 봉화대에서 앞의 능선으로 이어지는 길에 리본이 달려 있어 그 길로 하산했다. 그 능선의 전망대에서도 '너무 좋다'란 감탄사만 터져 나올 뿐 감상에 빠져 아무 말도 하지 못했다. 그런데 내리막길의 자갈길이 만만치가 않았다. 가촌리로 내려가서 암수 바위를 본 후, 기다리고 있던 차를 타고 오면서도 내내 남해바다와 설흘산이 머리에서 떠나지 않았다.

(2002. 12. 16)

옷 핀 하나로 얻은 작은 행복

사람들은 이 세상 인심이 각박하고 메말랐다고 하지만 꼭 그렇지만은 않았다. 나는 오늘 말없이 나보다도 먼저 남을 도와주고 싶어하는, 인정이 넘치는 아주머니와 그리고 친절을 베푸는 버스 운전기사를 보고 아직도 우리 나라 사람들의 마음속에는 아름다운 미덕이 그대로라고 생각하니 가슴이 뛰었다.

언제나 바쁜 생활에 항상 동당 대던 나는 오늘도 정신없이 빠른 걸음으로 차를 타러 나갔다. 예식장이 먼데다 늦게 출발하였으니 마음도 몸도 급해 뛰다시피 가는데 허벅지에 뭔가 사르르 미끄러지는 느낌이 들어 내려다보니 바지가 스르르 내려가고 있었다. 어머나! 재빨리 올리고 벨트를 만져보니 간당간당 미심쩍었던 단추가 떨어져 나갔다. 큰일났구나, 이 근방에는 옷 핀 파는 잡화상도 없는데 생각하며, 누가 보았으면 어쩌나 하고 뒤를 돌아보지도 못하고 허리춤을 꼭 붙잡고 큰길로 나갔다. 마침 타려고 한 버스가 와서 탔다.

버스는 한가한 시간이라서 10여명만 탔을 뿐, 텅 비어 있어서 앞에서 두 번째 자리에 가 앉았다.

이젠 옷 핀을 하나 구하는 게 급선무였다.

"기사님! 혹시 옷 핀 하나 있으세요?

"왜요! 어데 뜯어졌어요?" 하고 돌아보았다.

"예"

기사는 앞에 늘어놓은 곳을 뒤적뒤적 하더니,

"없는데요" 하면서 운전을 계속 했다.

아무래도 걱정이 되는지 잠시 후 앞에 달린 거울을 보면서 또 물었다.

"어데 뜯어졌어요?"

나는 그저 웃기만 했다. 벨트를 한쪽 손으로 꼭 잡고는 옷 핀이 아니더라도 뭐 쓸만한 게 없을까 하고 두리번거렸다.

기사는 자꾸만 신경이 쓰이는지 무언가 자꾸 찾더니,

"이걸로 안될까요?" 하면서 주는데 보니 버스시간표 거는 빨간 집게하나를 건네주었다.

안될 것 같지만 다급했던 나는 임시 방편이라도 될까싶어 받아서 꼭 집어 물고 이리저리 잡아 당겨보니 쑥 빠졌다.

"안되네요" 하고 다시 주었다.

그런데 바로 내 앞에 앉은 아주머니가 옷 핀 찾는 것을 알고,

"이것 찾아유?" 하고는 옷 핀을 하나 보였다.

순간 눈이 번쩍 뜨였다. "예, 어머! 저 줘도 되요?" 하며 반가워서

빨리 받으려하자 그 아주머니 하시는 말씀,

"안유 쓰고 줘유, 어디 딸려구 그런 거 아녀유?"

나는 그 핀을 보자 급해서 "아주머니 파세요, 아주머니는 다시 사고" 그러면서 나는 순간 옷 핀이 무슨 값비싼 물건 흥정이라도 하듯 다짜고짜 팔라고 했다. 그리고 쳐다보니, 나보다는 몇 살 위로 보이는 그 아주머니도 나처럼 한 손으로 허리춤을 꼭 잡고 있었다. '아! 순간 안되겠구나' 하면서 그 상황이 얼마나 우스웠던지 큰 소리로 웃었다.

그러자 기사는 또 다시 플라스틱으로 된 동그란 것을 찾아주면서 혹시 그 안에 바늘이 들어 있을지 모르니 열어 보라고 주었다. 받아보니 정말 핸드백에 넣고 다니는 바늘집 같아 이젠 됐구나 싶었다. 나중은 둘째고 우선 바늘로 꿰매고 보자, 하고는 바삐 열려고 하니 열리지 않았다. 어떻게 여는 것인지 눈도 코도 없어 억지로 열려다가 손톱만 꺾여졌다.

옆에서 쳐다보고 있던 50대 신사 아저씨 한 분이 "이리 줘 보세요" 하고 받아가더니 그분도 열려고 애쓰지만 안 되었다.

기사는 어느새 공구(뺀찌)를 찾아들고 부수기라도 할 기세로 달라고 했다. 그러던 차에 그 아저씨가 열었다. "바늘이 아니고 거울이네요 이것 보세요" 하고 나를 준다. 나는 무심코 받아들고 거울을 보았다. 거울 속의 얼굴이 울상이었다. 게으른 여자여! 오늘 당해 보거라. 나도 비웃어 주었다.

나는 거울을 보며 허망함과 절망감을 느꼈다. 보다못한 그 아주머니가 다시 그 핀을 손에 빼들고 나를 주었다. 나는 이젠 됐구나 하면서 "어디서 또 하나 났어요?" 반가워하며 받으려고 그를 넘겨다보니 아까와 똑같이 한 손은 허리를 붙잡고 있었다. 또 실망이었다. 아무리 내 처지가 급하다고 해서 처음 본 사람한테 그것도 그 핀이 없으면 나와 똑같은 처지인데 덥석 받을 수는 없었다.

"저 주시고 어떻게 하려고요?" 하니 이젠 다 왔다 하며 가지라고 했다.

"그러면 집에 가시는 중이세요?" 하니

"안유 계하러 가유" 했다.

어디쯤인가 밖을 보니 가장동 한민쇼핑 앞이었다. 나는 이 핀이 아니면 허리춤을 꼭 잡고 다녀야 한다는 급한 생각에,

"그럼 저 안에 가면 잡화상회가 있을 거예요. 저 안에 들어가서 사세요." 하고 아주머니한테 핀을 받아들고 주머니에 돈을 넣으려 하니, "아녀유" 하고 뿌리쳤다. 그러자 버스기사는

"아줌마! 여기서 내리신다고 안 하셨어요? 빨리 내려야지요!"

내릴 때가 되었는데도 나하고 이야기만 하고 있으니 아줌마에게 웃으며 큰소리로 말했다.

아줌마는 그때야 일어나 한쪽 손으로 허리춤을 붙들고 내려갔다. 내려가는 아주머니의 주머니 앞에 옷 핀이 하나 보였다. 옆에 아저씨가,

"아줌마 주머니에 옷 핀 또 하나 있네."

"어디유?"

"주머니에"

"어매, 나보다 잘 보네." 하며 급하게 내려갔다.

정말 아줌마도 몰랐던 핀이 하얗게 하나 보였다. 다행이었다. 이젠

내 마음도 안심이 되었다.

평소에는 하찮은 핀 하나가 이렇게 소중할 줄은 몰랐다. 소중한 핀도 얻고 아름다운 마음까지 얻게 되어 무척 흐뭇했다.

"그래도 그 아줌마 자기보다 젊다고 자기 꺼 빼주고 가네요. 나보다 남을 먼저 생각한다는 것 쉬운 일이 아닌데." 버스기사의 말이었다.

모처럼 마음씨 고운 기사와 아주머니를 만나 아직도 나보다 남을 생각하는 좋은 사람들이 있구나 싶었다. 흐뭇해서 마음놓고 한참을 웃었다. 꼭 실성을 한 사람처럼 나 혼자서 피식피식 웃었다.

집에 와서 저녁식사를 하며 남편과 어머님께 그 얘기를 하였다. 처음에는 주책 떨지 않았나 하며 남편은 이상한 눈으로 나를 바라보다가 나중에는 웃느라 밥상에 밥알을 다 뿜었다. 어머님은,

"그 사람 참 좋은 사람이다. 본체만체 하지 않고 자기 꺼 빼어주고, 너 같으면 니 꺼 빼주겠니?" 하고 쳐다보셨다.

"못 빼주지요. 정말 그런 사람 드물지요." 아주머니도 좋지만 그 버스기사도 참 좋은 사람이었다. 모두가 그런 사람들만 모여 산다면 참 즐겁게 마음 편히 살 텐데…….

나는 그후로 옷 핀을 한 열 개는 갖고 다녀야겠다며 일부러 도마동 시장에 가서 샀다. 주절주절 등산배낭에 달아놓고 옷 속에도 달아놓고 하였다. 그러나 어떻게 된 일인지 지금은 한 개도 없다.

그렇지만 그 후로는 무엇인가 남을 위해 베풀고 따뜻한 마음으로 살아야겠다는 결심만은 흩어지지 않고 항상 노력하면서 살아가고 있다.

(2001. 10. 25)

저자와의 협
의하여 인지
생략함

● **산의 향기를 찾아서**

초판인쇄 2003년 2월 15일
초판발행 2003년 2월 25일

지 은 이   백 경 화
펴 낸 이   한 봉 숙
펴 낸 곳   푸른사상사

출판등록   제2-2876호
주   소   100-193 서울시 중구 을지로3가 296-10 장양빌딩 202호
전   화   02) 2268-8706−8707
팩시밀리   02) 2268-8708
이 메 일   prun21c@yahoo.co.kr / prun21c@hanmail.net
편집 ● 김현정 / 박영원 / 박현임
기획/영업 ● 김두천 / 김태훈 / 곽세라

ⓒ 2003, 백경화
ISBN 89-5640-081-4-03810

정가 12,000원